당신은 내게 소중한 사람입니다.
_____님께 드립니다.

걱정 말아요, 엄마

당신의 상상을 이끌어 줄 독특한 두 줄 에세이!

걱정 말아요, 엄마

박문영 글 | 김현빈 그림

나래북

걱정 말아요, 엄마

후회된다. 나는 엄마와 사이가 나빴다. 반대하는 결혼을 한 것이다. 서운함을 다 풀기 전에 엄마는 돌아가셨다. 후회된다. 하지만 다행이다. 엄마가 돌아가신 이후 나의 삶은 롤러코스터였다. 담장 위를 걸어가는 탈옥수처럼 사는 내 모습. 우로 떨어지면 감옥이고 좌로 떨어지면 세상이다. 엄마가 만약 살아서 그런 나를 보셨다면 얼마나 괴로우셨을까? 다행이다.

다 내 헛된 욕망 때문이었다. 지금도 욕망은 줄지 않았지만 내 삶은 많이 달라졌다. 사막에 갖다 놔도 좋다. 비결은 없다. 살다 보니 그렇게 됐다. 예전과 달라진 게 하나 있다면 어떻게 살아갈지에 대한 걱정이 사라졌다는 것이다. 그래서 지금 엄마에게 말하고 싶다. '걱정 말아요 엄마, 나지금 잘살고 있어요.'

나는 책을 십 여권 출간한 비전업 작가다. 소설 공모전에도 당선돼 상금 2000만 원을 받은 적도 있다. 일본문학상이 1000만 원이라는데 나는 그 두 배의 작가인가? 난 유명작가가 아니다. 심혈을 기울여 쓴 책일수록 안 팔렸다. 그래서 심혈을 뺐다. 내공도 기대하지 말기 바란다. 그런데 오래전 최초로 급히 쓴 책이 수십만 권 팔렸던 것이 기억났다. 난 어떻게 써야하는 거지? 그래서 그냥 쓰기로 했다. 글이란 팔리고 쓰는 게 아니니까.

쓰다가 문득 엄마 생각이 나서 곡을 썼다. 유튜브에 올릴까? 검색? 〈걱정 말아요, 엄마〉 노래가 밝을까? 어두울까? 노래할 땐 마음을 숨길 수가 없다는데… ㅠㅠ

결론은 〈그냥〉 살기로 했다.

가슴 한구석에 드는 생각,
친구 〈김광석〉이 살아 있었다면 나보다 더 잘 불러주었을 텐데.

2017년 가을, 박문영

걱정말아요엄마!

일 할 때는 더 열심히 하는 게 자신에게 이익이 된다.

차례

1장

친밀하게 우아하게

여행자

여행자는 보고 느끼는 자이고
관광객은 보고 그냥 지나가는 자라고 한다.

나는 내 인생의 여행자인가 관광객인가?

-아무래도 나는 관광객인 것 같다.
-관광이면 어때?

되게 짧은 동화

어느 날, 늑대가 회개하여 오늘부터 양을 잡아먹지 않고
양처럼 풀을 뜯어먹기로 작정했다.

이 소식을 들은 양의 대표가 급히 늑대를 찾아와 강력하게
항의를 하는 바람에 늑대의 회개는 하루 만에 취소되었다.

-어느 사회나 무서운 무언가는 하나쯤 필요하다.

일억 원 1

친구 한 명을 돈으로 환산한다면
일억 원의 가치가 있다고 한다.

나는 동창회에 빠짐없이 잘 나가니 수십억 재벌이다!

–급전이 필요해서 친구 한 명쯤 팔고 싶은데….
–동창회, 한 명쯤 빠져도 굴러간다.

일억 원 2

가족 한 명을 돈으로 환산한다면
일억 원의 가치가 있다고 한다.

가족을 제발 돈으로 환산하지 마라!

- 내 가족은 안 팔아요!
- 결국 도둑놈(사위 놈)이 훔쳐가더라···. 휴

내일

내일 일을 오늘 미리 알 수 있다면
나는 오늘 무엇을 할까?

딱히 할 게 없다.

-그냥 이대로 사는 게 행복해….

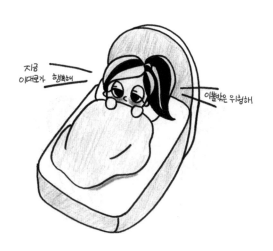

지금
이대론가 행복해

이불밖은 위험해

지혜의 부작용

나이가 들어 생긴 지혜가 있다면 이런 것이다.

즉, 올라갈 때는 내려올 것을 생각하고
들어갈 때는 나올 것을 염두에 두게 되었다.

–이러다 보니 점점 잔소리가 많은 사람이 되어간다.
–지혜와 잔소리는 동전의 앞뒷면.

젊음의 부작용

페르시아로 쳐들어간 젊은 알렉산더는
왕궁을 모조리 때려 부수고 불태우도록 명령했다.

얼마 후, 알렉산더가 병들어 후퇴하게 되자
그는 쉴 곳을 찾지 못하여 귀로에서 병사하고 말았다.

–부작용이 있더라도 다시 젊어지고 싶다!

위기

위기는 곧 기회라고 한다.

내 생각에는 위기는 위기일 뿐이다.

−위기를 기회라고 우기는 건 말장난이다.

키르케고르는….

철학자 키르케고르는 인간을 무위도식하는 거미 같은 사람, 노력하는 개미 같은 사람, 보람 있게 사는 꿀벌 같은 사람 이렇게 세 종류가 있다고 한다.

나는 분류 당하고 싶지 않다.

–나는 나다!

고생

젊어서 고생은 사서도 한다고 한다.

나는 다행히 돈 안 내고 했다.

–후회가 막심하다.

나의 행운

오늘의 시대는 근면, 성실이 부를 가져다주는
조건이 될 수는 없다고 한다.

나는 생각해 보니 별로 근면, 성실한 것 같지 않아 시대를 잘 만난 것 같다.

–다행이다….

고령화 시대

젊은이 두 명이 노인 한 명을 부양하는
시대가 곧 온다고 한다.

내게 배당된 두 명의 젊은이는 어떻게 생겼을까?

–만나면 잘 봐달라고 인사해야지….

믿음

'내일은 오늘보다 나아질 거야' 라고 생각하는 것은
잘못된 믿음이다.

그렇다고 '내일은 오늘보다 나빠질 거야' 라고
생각하는 것도 잘못된 믿음이다.

–믿음은 잘못되는 경우가 더 많은 거 같다.
–내일은 내일 가봐야 안다.

시간

시간을 얼마나 가치 있게 활용하느냐 하는 것은
전적으로 '자기 하기' 에 달려 있다.

결국, 고생을 하라는 얘긴데….

–고민된다.

탈무드에 있는 유명한 얘기

거대한 유산을 하인에게 모두 물려주고 죽은 유대인 아들은 여러
유산 중에서 한 가지만 선택할 수 있다고 하여 '하인'을 선택하여
하인도 받고 부모 유산도 물려받았다고 한다.

내겐 받을 유산도 하인도 없다.

–어쩌라고? 나랑은 상관없는 얘기….

살인

칼로 찌르는 살인보다 말로 찌르는 살인이 더 무섭다.

우리는 말로 찌르는 살인을 더 많이 한다.

–왜? 감옥에 안 가니까!

마누라의 잔소리

잔소리를 끝까지 참고 들어주는 남편은 사실은
속으로 딴 생각을 하고 있는 것이다.

몰랐지?

–에이그 xx 같은 남편 같으니….
다 알고도 넘어가 주는 거야!

사장의 잔소리

잔소리를 끝까지 참고 들어주는 부하는
사실은 속으로 딴생각을 하는 것이다.

몰랐지?

–에이그 xx 같은 부하 같으니….
–다 알고도 모른 척하는 거야!

열등감

누구에게나 숨기고 싶은 열등감이 있다.

내 경우는 얼굴인데 숨길 방법이 없다.

−아바타를 고용해??

남남

사랑했다 헤어지면 남남이 된다.

원래대로 된 건데 뭐…

–이렇게 생각하고 깔끔하게 헤어지면 된다.
–헤어진 것도 억울한데 징징 짜면 더 손해 봄!
–다 아는데… 안 된다….

구석기시대

우리 몸은 구석기시대에 사냥하기 위해
매일 50km를 뛰도록 만들어졌다고 한다.

하루에 50km를 안 뛰면 병이 난다는 얘긴데, 큰일 났다!

–이제라도 돌칼을 써 볼까?

립싱크 가수는 억울하다

중국에서는 립싱크하는 가수에게 벌금을 물린다고 한다.

우리나라에서 립싱크하는 이유는 대개 음향시설이 제대로 되지
않아서 생음악으로 노래할 수 없는 환경이기 때문이다.

–물론 처음부터 의도적으로 립싱크하는 댄스가수들도 많다!
–내 생각엔 전부 퇴출해야 한다고 생각하는데 당신의 의견은?

다 아는 비결

다이어트 비결은 꾸준한 운동과 저열량 섭취다.

둘 다 힘들다.

–독한 것들만 성공한다.
–다이어트 성공한 인간과는… 사귀지 마라!

운동

전혀 운동하지 않고도 잘사는 사람도 있다.

그 사람들도 결국은…. 운동해야 한다는 말을 듣게 된다.

–의사가 그 말을 할 때는 이미 '안 늦은' 때니까 열심히 해라.

랩음악

랩이 좋아서 가만있는 게 아니다.

참는 거다.

−시끄러워….

나는 나를 안다!

나는 비양심적인 사람이다.

내가 나를 보면 안다.

−이렇게 쓰고 보니 내가 멋있어 보이네. ㅋ

사람은 무엇으로 생각하는가?

머리로 생각한다.

아니, 머리에 입력된 언어로 생각한다.

-언어가 생각을 만들고 생각이 언어를 만든다.
-비슷한 말: "책이 사람을 만들고 사람이 책을 만든다."

불면증

누구에게나 있고 나에게도 있다.

우리 마누라는 없다.

–이해가 안 됨
–이해 안 되는 거 많지만 참고 산다.

사랑의 매

스승에는 두 종류가 있는데 제자를 사랑하는
마음으로 사랑의 매를 드는 스승님과 제자에게
무차별적으로 매를 드는 스승분이 있다.

내 기억에는 불행하게도 후자의 경우만 있었던 것 같다.

–당신은?

라이트 형제

라이트 형제가 인류 최초의 비행에 성공한 후, 그 사실을
전보로 신문사에 알렸지만….
편집자는 이를 구겨서 버렸다고 한다.

아마 마감 시간이 지나서였을 것이다.

−필요 없는 물건을 발명한 거죠. ^^

문제는 마케팅이야!

그라함 벨은 최초의 전화기 발명가가 아니라고 한다.

단지 최초로 전화기사업 마케팅에 성공한 사업가!

−돈을 벌려면 뭔가를 최초로 시도할 이유는 없다.

만유인력에 대한 나의 의문

뉴턴은 나무에서 떨어지는
사과를 보고 만유인력을 발견했다.

그가 만유인력을 발견한 다음...
그 사과를 집어서 먹었을까 안 먹었을까?

-맛이 궁금해….

나는 발명 부적격자

늘 다니던 길이 아닌 다른 길로 가 보면
뭔가 색다른 것을 발견할 것이다.

이것이 발명의 기본이다.

–나는 정해 놓은 길이 없으니 발명가로는 낙제.

링컨의 유명한 일화

어느 날, 대통령궁에서 잡초를 뽑고 있는 사람에게
주지사가 다가와 대통령을 만나게 해 달라고 호령했다.

그 사람은 궁으로 들어가 옷을 갈아입고 나와서 자기가 대통령이라고
말하자 주지사가 깜짝 놀라며 사과했다는 링컨 일화가 있다.

–아니 그럼, 처음 봤을 때 내가 대통령이라고 말하면 될 걸 가지고….
–링컨, 알고보면 참 성격 이상한 사람이네….

함구령

내가 알고 있는 지식 가운데
과연 몇 퍼센트가 진실일까?

안다면 가르쳐주지 마라!

—알까 봐 겁난다.

살아 있음에

살아 있음에 감사드리고 싶다.

죽을 수 있음에도 감사를 드려야 할 것이다.

–살아 있으니까 죽을 수 있는 것!

긍정의 힘보다

물이 반밖에 없다고 생각하는 것보다
물이 반이나 남았다고 생각하는 것이 '긍정의 힘' 이다.

'과학의 힘' 이란 물이 정확히 50% 남아 있다고 관찰하는 능력을 말한다.

–나는 '긍정의 힘' 보다 '과학의 힘' 이 좋다.

기우가 현실로!

내가 살아서 닥치게 될 가장 두려운
현실은 지구온난화로 지구가 멸망하는 일이다.

기우일까?

−잘 진행되고 있으니 걱정 마세요. (북극 빙하 올림)

수목장

인간은 자연의 일부다.

그런 의미에서 나는 수목장을 지지한다.

−죽어서 한 그루의 나무로 태어나고 싶다.

고행

종교에는 어느 정도의 고행이 따른다.

고행해 보지 않은 나로서는 뭐라고 말하기 부적절하지만
일상생활에서 어느 정도의 고행은 필요하다고 본다.

−금연이라든가 식욕 억제⋯.

평범한 진리

진리는 평범하다.

보통사람의 올바른 사고방식!

− '진리의 정의' 라고나 할까?
−사람은 알고 보면 다 조금씩 괴상한데 어떡하지?

마케네 문명

이천사백 년 전에 만오천 명을
수용하는 대극장을 만들었다니!

하여튼 구경거리라면 사족을 못 쓰는 게 인간!

−옛날이나 지금이나….

공허함

나를 괴롭히는 감정에 '공허함'이라고
쓰는 사람을 보았다.

그 사람 참 철학적이네.

−알고 보면 인생은 공허한 것!

언어의 천박성

요즘 아이들에 대한 가장 큰 불만은 언어의 천박성이다.

도대체 학교에서는 무얼 가르치고 있는 걸까?

–우리 때도 그랬나?
–아, 열 받네….

교육의 필요성

인간은 태어날 때 인간의 새끼로 태어난다.

즉, 동물로 태어난다는 뜻이다.

–그냥 놔두면 큰 동물이 된다.
–우리 옆집에도 큰 동물 있다!

문제아

문제아 뒤에는 반드시 문제 부모가 있다.

문제 부모는 그 사실을 모른다.

−그러니까 문제 부모다!

미술

운동이든 음악이든 젊은 예술가가 유리하다.

미술은 늙을수록 뭔가 권위가 있어 보인다.

−늦게 예술 하려면 미술을 하라!

혼수

혼수 때문에 티격태격하는 사람은 결혼할 자격이 없다.

그런 사람 너무 많다.

−결혼 자격증 시험을 봐야 한다.
−1종은 한 번, 2종은 두 번 할 수 있도록….
−이혼하면 2종을 따야 결혼할 수 있다!

중독

세상에서 가장 끊기 힘든 중독은 드라마 중독이다.

우리 집에도 중독자 있다!

−왜 이런 거 치료하는 병원은 없을까?

최근에 밝혀진 사실

뇌의 능력은 22세에 최고라고 한다.

그런 걸 어떻게 알았지?

−사람들 거의 다 그렇게 안 쓴다.
−이런 지식, 무용지물….

기본에 충실!

우리나라 사람들에게 꼭 해 주고 싶은 충고가 하나 있다.

'기본'에 충실!

−실제로는 '기분'에 충실이지….

이상형

모든 사람의 이상형은 '따듯한 사람'이다.

당신은 언제 누군가에게 따듯한 사람이었는가?

−사실은 누군가에게 돈 많은 사람이 되고 싶었겠지….

수사자

수사자는 언제나 놀고 있지만, 가족을 위협하는
다른 무리가 가족을 공격할 때는 목숨 걸고 싸운다.

수사자, 맨날 노는 것으로만 보았는데...

-당신도 맨날 놀고 있나요? 수사자….

동정지인(同井之人)

같을 동, 우물 정자로서 같은 우물을 쓰는 사람 즉
'나의 이웃' 이라는 뜻이다.

일본강점기를 거치면서 이런 아름다운 말과 전통이 다 파괴됐다.

-다시 살려야 해!
-이런 말이 입사시험에 나와야 하는데 맨 처세술 단어만 나오더라.
- '지인' 도 가르쳐 줘야 하나? (~ 하는 사람이라는 뜻)

호객행위를 하길래….

짜증을 냈다.

난 아직도 인격수양이 부족해!

-미안합니다.

대비불패

호황 때는 불황을 대비하고 불황 때는 호황을 대비하자!

그럼, 언제 노나?

−인생도 좀 쉬면서….
−내 친구 중에 불쌍한 사람 많다!

노후 준비

노후 준비의 첫 번째 준비는 몸만들기다.

다른 것의 첫 번째 준비도 몸만들기다.

−몸이 약하면 아무것도 못해….
−성공의 비결은 단순해.

불황

텅 빈 가게에 주인 혼자 앉아 있다.

괜히 미안하다.

–정말 큰일이야….

인생

인생의 후반전 뒤에는 연장전이 있고
연장전 뒤에는 승부차기?

그럼 언제 끝나지?

–지겨운 인생!

과연

'가격이 착해요….' 하고 광고한다.

과연 가격이 착할까?

–가격은 착하지도 악하지도 않다!

반칙

영국의 부호 로스차일드는 영국군의 승리 소식을
미리 입수하고 주식을 사서 큰 부자가 되었다고 한다.

감옥 가야 한다!

-불공정거래행위!
-반칙 안 하고 돈 벌고 싶다.
-방법이 없겠지?
-그냥 살지 뭐.

목소리

오랜만에 전화 오는 동창생의 목소리에
반가움보다 경계심이 먼저 드는 이유는 무엇일까?

미안하다, 친구야!

−내가 타락했나 보다.

지혜

영국의 명재상 디즈렐리는 "사람이 지혜가 부족하여 일에 실
패하는 게 아니라 성실함이 부족해서 실패하는 것이다."라고
말했다.

요즘은 돈이 부족해서 실패한다.

−시대가 많이 변했지.….

주방의 비밀

내가 식당을 경영할 때는 밖에서 주방을 다 볼 수 있게 했다.

그래도 사실은 더러웠다.

–양심 고백

돈

돈이 인생 전부는 아니다.

약 99%다.

–내가 틀린 말 했는가?

재즈 음악

무료한 한 낮의 커피숍, 느릿한 재즈 음악이 흐르고….

오랜만에 느껴보는 한가로움이다.

－약속 시간 착각한 날의 축복

어떤 임금

어떤 임금이 길 한복판에 돌을 놓고 그 밑에 돈을 숨겨두었는데 아무도 그 돌을 치우는 사람이 없었으나 어린아이가 그 돌을 치워서 돈을 가져갔다고 한다.

그 임금⋯ 성격 참 이상한 사람이다.

도시생활

도시는 건강을 고려해서 만든 시설이 아니다.

정신을 바짝 차리지 않으면 건강을 잃기 쉽다.

−특히 밤의 유혹

여신

행운의 여신과 불행의 여신은 친구처럼 항상 같이 다닌다.

좋은 일이 생겼다고 너무 좋아하지 말고
나쁜 일이 생겼다고 너무 슬퍼하지 마라.

−인도의 속담이라는데 인도인은 어떻게 이런 진리를 알아냈을까?
−언젠가 인도 여행 한 번 하고 싶다.

자폭 테러범

세상에는 폭탄을 허리에 두르고 사는 자폭 테러범도 있다.

그런 나라에 태어나지 않은 게 참 다행이다.

–만약 그런 나라에 태어났다면
지금쯤 나도 허리에, 끔찍하다!

물 부족 시대

물이 부족하다는데 빗물을 재활용하면 어떨까?

물탱크가 많이 필요하겠지?

–물탱크 장사나 해 볼까?
–이런 식으로 하면 사업 망함!

게

게는 평생 15회 정도 탈피를 하면서 큰다고 한다.

만약 사람이 그렇다면?

−탈피한 사람 껍질은 어떻게 처리해야 하나?
−분리수거?
−캔, 플라스틱, 종이 그리고 탈피껍질 통 하나 더!

허례허식

의미가 있어야 할 관혼상제에 허례허식이 너무 많다.

의미는 사라지고 형식만 남았다.

−결혼식, 솔직히 형식이지 뭐….
−여자가 원하니까 해주는 것, 절대 아님(큰일 날 뻔 했네….)
−나는 집에서 물 떠 놓고 결혼식 했다.

로마의 멸망

로마제국은 야만인이 들어와 수도관을
파괴하자 하루아침에 멸망했다.

나의 수도관은 무엇일까?

−누구에게나 아킬레스건은 있다.
−그 사실을 알고 관리를 잘하자는 이야기다.

비둘기

비둘기는 항상 행복하다.

왜냐하면, 새니까.

−새는 생각이 없다.
−당신도 행복해지고 싶으면 생각을 줄여라. 비둘기처럼.

재산

부모의 재산이 많으면 형제끼리 싸운다.

그렇다면 부모의 재산이 적으면 형제끼리 다정한가?

−그건 아니다!

우리 아이가 달라졌어요.

'우리 아이가 달라졌어요' 를 하기 전에 먼저
'우리 부모가 달라졌어요' 를 해야 한다.

아이가 무슨 죈가?

–백퍼센트, 부모가 그렇게 만든 건데….

경로석

지하철 경로석을 저 혼자 차지해 다리를
턱 걸치고 앉아 있는 꼴불견 노인이 있다.

세 살 버릇 여든까지 간다더니. 쯧쯧.

–노인이라고 다 공경할 만한 어른은 아니다.

유아는 전문직

아기가 태어났다는 것은 원숭이 한 마리를 분양받은 것이다.

원숭이 조련이 전문직이듯 아기 조련도 전문직이다.

-공부 많이 해야 함

앨버트로스

앨버트로스 새는 날아가는 모습도 품위가 있다.

나도 품위 있게 이 세상을 살고 싶다.

-앨버… 급이 안 된다면 갈매기급이라도….
-갈매기살 땡긴다.

소심이

내가 시청하는 축구경기는 꼭 지기 때문에
보고 싶어도 못 본다.

내가 좋아하는 사람과 결혼하면
불행해질까 봐 청혼을 못 한다고?

–어이구, 나가 죽어라!
–저걸 아들이라고 낳았나….

고양이

고양이의 몸속에는 사자가 살고 있다.

우리 몸속에도 위대한 능력이 살고 있다.

－그것을 끄집어 키워내는 것이 우리의 사명이다.

결혼의 정확한 의미

결혼을 다섯 자로 풀어쓰면 '적과의 동침'이다.

당신의 배우자는 당신의 '적'임을 잊지 말라.

－조금 지나면 알게 된다.

그리스와 로마

로마는 군대의 힘으로 세계를 지배했지만,
그리스인은 지혜로 세계를 지배했다.

로마의 군대는 사라졌지만, 그리스인의 지혜는 아직도 이 세상에 남아 있다.

–두 나라 다 멸망했고….

물

물에 고맙다고 말을 하면 물이 육각수로 변한다고 한다.

정말일까?

−인간에게 '고맙다'고 말하라!
−인간은 정확히 말하면 물주머니다.

천적

천적이 없었던 뉴질랜드의 새는 날 필요가 없어서 날개가 모두 퇴화하였다가 그 땅에 새로 이주한 이주민에게 다 잡혀 죽고 말았다.

맛있었겠다.

−천적에게는 위기였지만 인간에게는 몸보신

예술가

예술가는 배고프다.

배가 고파야 예술이 나온다.

–배고픈 진리!

고기잡이

우리 아버지는 당일치기로 한강에서 물고기를 잡아서 파는
분이었는데 처음에는 서울에서 물고기를 잡다가 한강이 오염
돼 가면서 광나루, 구리시, 덕소, 팔당 이렇게 계속 상류로 올
라가다가 양수리까지 자전거로 올라가면서 지쳐서 생업을 포
기하셨다.

그 대가로 백 세까지 장수하셨지만, 한강이
오염되면서 물고기도 오염돼간 것이 우리나라의 역사다.

–자전거로 양수리까지 짐을 잔뜩 싣고…. 휴

궁합

궁합이란 호흡 즉 팀워크를 말한다.

궁합을 잘 맞추는 비결은 어느 한쪽이 희생하면 된다.

-궁합 잘 맞는 부부 중
어느 한쪽은 반드시 희생자다!

진실의 입

로마에 있는 돌 조각상인 '진실의 입'에 손을 넣으면
거짓말 한 사람의 손이 잘린다고 한다.

물론 사실이 아닌 줄 잘 알지만
손을 넣기 꺼림직한 이유는 무엇일까?

-이유는 내가 잘 안다.

책벌레

히틀러는 책벌레였다고 한다.

책에서 얻은 그 풍부한 지식으로 사람 죽이는
일에 활용하다니 책도 함부로 권할 게 아닌 것 같다.

-마음가짐이 중요해!
-책 편식도 위험하다.

그릇

잔치를 하기 위해서는 그릇을 준비해야 한다.

그러나 그릇만으로 잔치를 치를 수 있는 것은 아니다.

-우리는 때로 음식은 잊은 채 그릇만
준비하며 부산을 떨고 있는 것은 아닌지.
-스펙이 좋다고 일을 잘 하는 건 아니다.

솔로몬

첩의 아들이 지혜의 왕이 되었다.

무슨 일이든 출신은 중요하지 않다.

-노력하면 무엇이든지 원하는 사람이 될 수 있다.

사랑의 자물통

남산타워에 올라가 아무리 사랑의
자물통을 채워놓아도 깨지는 것이 연애다.

마음이 변하면 속수무책이다.

–어자는 마음이 수시로 변하는데, 남자에게는 죽을 맛이다.
–여자들께 부탁합니다. 제발 일관성을 좀 가져주세요. (남자 대표 올림)

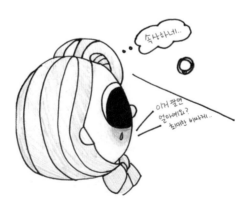

낙하산

고공점프를 아무리 많이 한 특전대원이라도
매번 뛰어내릴 때마다 처음처럼 두렵기는 마찬가지다.

다만 두려움에 조금 더 숙달되었을 뿐이다.

-인생도 그렇다.

연애는 비논리적

연애의 과정은 너무나 비논리적이라서 논리적
사고에 익숙한 이공계 남자들에게는 정말 힘든 과정이다.

물론 그렇지 않은 바람둥이도 있다.

–바람둥이는 대개 공부를 못한다.

광어와 도다리

광어와 도다리 구별법이 어려운 이유는
구별해야 할 필요성을 느낄 수 없기 때문이다.

그냥 먹으면 된다!

–나는 관심도 안 두는데 방송에서는 계속 광어와 도다리 구별법을 방송한다.
–광어나 도다리나…. 없어서 못 먹는다!

여러 갈래 길

살아가는 길에는 여러 갈래 길이 있다.

소원했던 길을 못 갔다고 아쉬워할 것 없다.

−가 봤자 예상처럼 좋지는 않았을 것이다.

죽순의 싹

방금 싹이 난 어린 죽순의 몸통 속에는 커서
나타날 대나무의 마디가 이미 다 만들어져 있다.

사람도 어릴 때 보면 커서 어떻게 될 것인지 미래가 얼추 보인다.

–안 그런 경우도 많은 게 인간!
–인간은 죽순 따위가 아니다!

불치병

갑자기 출현한 불치병에 낙망하는 사람이 많은데
사실은 지난 수십 년간 자신 속에서 열심히 키워온
질병이 눈앞에 나타난 것뿐이다.

나는 내 속에서 무엇을 키우고 있는가?

–모르겠다….

저주의 말

저주의 말을 내뱉는 순간, 그 말은
가장 가까운 사람에게 달라붙는다고 한다.

즉 내뱉은 사람에게 되돌아간다는 뜻이다.

–어떤 경우든 욕하지 마라!

의사와 불량배

의사가 병든 불량배를 고쳐줬더니
이 불량배가 건강해져서 살인을 저질렀다면….

의사는 나쁜 일에 협조한 것이다.
그 불량배를 위하여 음식을 팔고, 전철을 운전해주고,
전셋집을 얻어주고, 극장표를 판매한 모든 사람이 다 살인 협조자다.

–말은 맞는 말이지만 그렇게 따지면 살아남을 사람이 없겠다.
–아 몰라…!

소통의 비결

자신의 관점으로 남을 보며 판단하지 마라.

자신의 기준으로 남을 보면 남도 남의 기준으로 자신을 본다.

–자세를 낮추고 눈높이를 맞출 때 대화가 시작된다.

궁금증

그동안 내가 잃어버린 우산이 열 개는
더 넘었을 텐데 모두 어디로 갔을까?

결국, 열 명의 도둑을 내 실수로
만들었다는 얘긴데….

–나도 모르게 범법자를 많이 만들고 다니는구나!

자존감

학교에서 '자존감'에 대하여 짧은글을 지어오라고 숙제를 냈다.
우리 집 강아지 존은 감을 제일 좋아하는데 할머니께서 감을 가져
오셔서 잠자는 강아지에게 감을 주면서 말했다.
자? 존? 감?

자존감이란 그냥 가지면 된다. 무슨 극한 수련이나
내공을 쌓은 사람만 가질 수 있는 것은 아니다.

－개는 자존감이 높다.

다이어트는 마음의 문제

음식을 먹는 것은 몸이 먹는 게 아니라 마음이 먹는 것이다.
마음이 배고파서 음식을 먹는 것이다.

–엄청나게 바쁜 하루를 보낸 날, 한 끼도 안 먹은 경험들이 있을 것이다.

–습관과 허전감이 음식을 필요 이상으로 먹게 한다.

2장

힘들었던 기억은 모두 잊자

아는가?

해파리와 말미잘이 서로 적이라는 사실을?

말미잘이 해파리를 잡아먹는다!

−친군 줄 알았는데….
−허긴 친구가 젤 무섭지….

세월

지나간 세월은 항상 아름답다.

즐거웠든 고통스러웠든 간에….

－그 이유를 모르겠다.

예지력

보통 사람들에게도 누구나 다 조금씩은 예지력이
있다는 것은 과학적으로도 이미 밝혀진 사실이다.

단지 그것을 얼마만큼 개발했느냐에 따라 능력의 강도가 달라진다.

－다른 능력도 다 그렇다.
－내 주식 예지력은 엉망인 걸로 이미 판명남!

뇌

인간의 뇌의 한 곳에 장애가 일어나면 보상작용 때문에
다른 곳이 활성화되어 천재가 되는 경우도 있다고 한다.

나도 뇌를 한 번?

-동물에게는 그런 현상이 안 일어난다고 함.
-하지 말자! 내가 봐도 나는 동물에 가까움.

예술은 마약!

예술은 지나치게 매력적이다.

독성 없는 마약이다!

-예술 하다가 인생 망친 사람들. 아무도 예술을 원망하지 않는다!
-원망한다면 진정한 예술가가 아니지.
-내 주변에도 많다. (다행히 나는 아니다)
-나는 진정한 예술가도 진정한 인간도 아닌가 보다.

베르사유 궁전

루이 14세가 자신의 개인적 욕망을 위하여 지은 베르사유 궁전은 세계적으로 자랑스러운 예술품이 되었다.

예술의 세계에서는 이해할 수 없는 반전이 많이 일어난다.

기회

죽지만 않고 살아 있으면 기회는 온다.

젊은이여, 제발 자살할 생각을 말라!

–최소한 살아 있어야 기회를 잡지….
–어르신! 어르신도 자살은 안 됩니다.

독감

닭독감, 돼지독감은 전에도 닭, 돼지에게
다 있었던 질병이다.

단지 인간의 면역성이 떨어져서 감염이
퍼지고 있는 것이라고 보는데 당신의 생각은 어떤가?

– 현대적 생활습관이 문제다!

지구온난화가 해결되지 않는 이유

지구가 물에 가라앉는 문제보다는 과자에서 벌레 한 마리가
나왔다고 전 국민이 흥분하는 게 세상 형편이다.

이러니 이 문제가 해결될 리가 있겠는가?

– 지구 파멸은 시간문제!

설문조사

죽어가는 사람들에게 호스피스가 설문조사를 했더니
가장 후회되는 것 1위는 싸우지 말걸, 이란다.

싸우며 사는 게 인생인가 보다.

–오늘부터라도 싸우지 말자.

기쁨을 주는 사람

당신 마음속에 기쁨이 없다면
어떻게 남에게 기쁨을 줄 수 있겠는가?

남에게 기쁨을 줄 수 있는 사람은 고귀한 사람이다.

–노래든 미술이든 남을 기쁘게 할 한 가지 특기는 있어야 할 텐데….
–개인기 학원에 다녀볼까?

흡연

흡연은 정확히 표현하자면 화학적 자살이다.

매일 약물 주사로 자신을 사형 집행하는 것이다.

–당신은 매일 사형 집행을 당할 정도로 그렇게 악하게 살아왔는가?
–엉터리로 살았을지라도 당신의 삶은 고귀한 것이다.

루마니아 노인들

루마니아에서는 최고령 노인이 죽으면 이웃 마을에서
노인을 대여해 온다고 한다.

노인은 존재 그 자체가 자신과 사회에 공헌을 하는 것이다.

-너무 노인을 홀대하지 말자.
-아! 나도 안 그러고 싶은데 노인이 너무 많아졌다.

고양이

고양이는 아무리 커도 고양이다.

호랑이는 아무리 작아도 호랑이다.

-큰 고양이는 작은 호랑이를 이길 수 있지만 그건 잠시뿐이다.
-호랑이는 안 건드리는 게 좋다.

돼지

돼지의 위장은 사람의 위장과 놀라울 정도로
흡사하다는 연구결과가 발표되었다.

난 이미 알고 있는데 뭘….

-배고픈 건 못 참겠거든요. 꿀꿀.

희망은 착각

희망이란, '긍정적 착각' 현상이다.

'긍정적 착각'의 힘은 진실의 힘보다 강하다.

–내가 한 말….

예전 노래

예전 노래에는 인생의 교훈과 지혜가 들어 있다.

요즘 노래에는 뭐가 들었지?

–잡다한 생각들이 들어 있다.
–안 들어도 손해 볼 건 없다.

기러기

기러기처럼 질서를 지키자.

경험 많은 리더의 지시에 따라 망망한 하늘을 날아간다.

−우리에겐 좋은 리더가 필요해!

돼지의 비밀

더운 날, 돼지를 시원하게 해 주려고 돼지 몸에 물을
뿌리면 돼지가 열을 발산시키지 못해서 죽는다고 한다.

남을 도와주려면 그가 원하는 대로 해주어야지
자신의 방식대로 하면 오히려 해가 된다는 이야기.

−돼지에게는 진주만 던져주지 않으면 됨.
−왜? 먹어버리니까!

사진기

사진기가 발명되자 초상 화가가 직업을 잃었다.

AI가 실행되면 내 직업은
어떻게 되는 건가?

–인생은 항상 불안해….

포악한 사람

폭력배, 사채업자, 포주 등 악행을 거리낌 없이 행하는
사람의 후손은 반드시 벌을 받아서 좋지 않게 된다.

그 사실을 포악한 사람들은 알아야 한다.

–이건 정말 진리다!

고집쟁이가 만들어지는 과정

살다 보면 어려운 과정을 겪게 되는데 그 과정이 지나고 나면
자신이 지내온 과정이 올바른 것이었다는 신념이 생기게 된
다.

그래서 늙으면 다 고집쟁이가 된다.

–늙은이가 고집이 없고 젊은이가 신념이 강하다면 훌륭한 삶이다.

대나무꽃

대나무꽃은 60년에 한 번 피는데 한 번 꽃을 피우면
모든 영양분을 소모하여 다음 해에는 모든 대나무가
몰살한다고 한다.

멋있다….

-그래서 꽃이 안 보였구나!

파리의 생존비결

파리는 착륙하기 전에 자신이 이륙할 방향을
미리 계산해둔다고 한다.

사람도 파리의 이런 준비성을 닮는다면
훨씬 더 현명하게 살 수 있을 것이다.

–파리 함부로 잡지 마라. 파리만도 못한 인간, 많다.

파블로 카잘스

전설의 첼리스트 파블로 카잘스는 열세 살 때 바르셀로나의 한 고
물상에서 바흐의 악보를 발견하여 열심히 공부한 결과 대가가 되
었다고 한다.

나도 고물상이나 뒤지러 다닐까?

아프리카 영양

아프리카 영양 떼는 한 번 놀라서 달리기 시작하면 도저히 정지할 수가 없어서 모두 늪에 빠져 죽는다고 한다.

우리네 인생살이도 그런 모습 아닐까?

-가끔은 브레이크기 필요한 게 인생이다.
-잘못되는 것도 고맙게 받아들이자!

대물림

가난은 대개 대물림된다.

저소득층을 돕는 방법은 국가가 교육을 책임지는 것이다!

-이런 생각을 하면 가슴이 답답해진다.
-'개천에서 용' 나는 교육혁신이 필요하다.
-이름하여 〈개룡혁신〉

날파리가 사람을 계속 쫓아오는 이유

심심해서….

당신도 길을 걸을 때 혼자
가면 심심하지 않은가?

-날파리라고 다르겠는가?

다 이유가 있다

약초와 독초의 구분이 쉽다면 산에 있는 약초들은
아마 남아나지 않았을 것이다.

천만다행이다.

–약초 사이에 독초가 있는 것은 약초를 시키려는 자연의 뜻이다.
–모든 약초에 빨간 표시라도 되어 있었다면 약초는 이미 씨가 말랐을 것이다.

처세술

요즘에는 처세술이 너무 발달하여
처세에 완벽한 인간이 많다.

남에 대한 배려도 처세술의 한 방법으로 간주하다니 참 말세다.

생계형 범죄

먹고 살기 힘들면 아무거라도 훔쳐도 된다는 말인가?

그걸 허락하기 시작하면 사회가 무너진다.

–무너지는 것은 한순간이다.

매미의 삶

7년을 땅속에서 기다린 굼벵이는 마침내 날개를
단 매미가 되어 자유롭게 날아오른다.

참고 기다리다 보면 반드시 좋은 때가 온다는 것을 잊지 말자.

-군대에 계신 여러분! 반드시 제대하시는 날이 옵니다. 온다고요!

변심

마음은 바뀐다.

대개 나쁜 쪽으로!

드라큘라의 비밀

드라큘라 퇴치에는 십자가와 마늘이 필요하다.

이것은 아마 중세 기독교 지도자들이 건강을 위하여
마늘을 먹으려는 계략에서 나온 설화가 아닌가 생각된다.

–마늘이 '정력을 위해서' 먹는 거라는 오해를 피하려고….

107

두 줄 에세이

예언하건대 앞으로 모든 표현 방식은 두 줄로 압축될 것이다.

두 줄 이상 읽으려 하지 않는다.

–두 줄에 SAY하지 않으면 버려진다!

우리 몸

우리 몸은 미세전기의 흐름, 세균 비율, 바이러스 서식 여부, 전해질 농도 등 아직 의학이 개척하지 못한 미개척 분야가 너무 많다.

의사가 모르는 분야도 많고 최첨단
영상장비로도 알아볼 수 없는 질병이 많다.

-인체를 만만하게 보지 마라.
-인체는 우주다!

성질

히틀러는 변비, 시저는 설사 환자라고 한다.

그래서?

-아니 뭐… 성질이 나쁠 수도 있다는 뜻!

자살은 질병

자살은 나쁜 짓이 아니라 단지 질병일 뿐이다.

자살을 나쁜 짓이라고 매도하면 해결책이 없다.

–자살자를 욕하는 것은 암 환자를 욕하는 것이나 마찬가지다!

지혜

나이가 들면 지혜가 생긴다.

나이 들어 얻은 지혜는 젊음과 바꿔 얻은 지혜다.

–그만큼 값어치가 있다는 뜻!

대머리

'공짜 좋아하면 대머리 된다'는 속담이 세상의 모든
대머리 환자에게 얼마나 큰 상처를 주었는지 모른다.

대머리가 된 것도 억울한데….

—속담이 책임지나?

꼬리

개는 꼬리 때문에 자신의 본심을 숨길 수 없다.

인간에게 꼬리가 안 달린 것이 천만다행이다.

-휴….

자살과 우울증

자살과 우울증에 대한 대책은 종교와 예술밖에 없다.

종교가 부담스럽다면 예술에 빠져보라!

−예술은 존재감과 행복감을 준다.

멘토링과 코칭

멘토링은 선생의 능력이 학생에게 이입되는 것이고
코칭은 학생의 가려진 능력이 발휘되는 것을 말한다.

−사람에게는 두 가지 다 필요하다.

부자 나라

돈 없는 사람은 부자 나라에서 살고 있어도 서럽다.

동서고금의 진리다.

−부자 나라에도 가난한 사람은 많다.

닭

닭이 날아 봐야 지붕 꼭대기다.

날아오르는 것은 독수리의 특기다.

−특별한 능력을 갖춘 사람을 쫓아갈 이유가 없다.
−우리 같은 보통사람은 분수를 알고 알 낳기에 열중하는 것이 좋다!

경험

진짜 아파 봐야 아픈 사람의 마음을 알고
진짜 어려워 봐야 어려운 사람의 심정을 이해한다.

경험해보지 않은 위로의 말은 말치레에 불과하다.

–말치레란, 가식적인 위로의 말.

내 뱃속이 궁금해…

피부는 조금만 긁혀도 피가 나고 아프지만, 뱃속의
암 덩어리는 덩치가 커도 느끼지 못한다.

내 뱃속에서는 무엇이 자라고 있을까?

.

－궁금하지만 병원에 가기는 싫다.

치료제

영혼의 상처를 치료하는 치료제는
사랑 하나만 가지고는 모자란다.

사랑, 자연, 예술의 삼박자가 맞아야 한다.

－너무 사랑 타령만 하지 말자.

신라

신라 천 년의 힘은 화랑도와 화백 제도(의회)에서
나온 것이다.

그것이 무너지자 천 년 왕국이 무너졌다!

-외부 침략으로 무너지는 나라는 드물다.

천재의 진짜 모습

하나를 얻으려면 하나를 희생해야 한다.

위대한 천재는 자신의 일상생활을 희생함으로써 천재가 된 것이다.

-당신은 천재들이 그렇게 가지고 싶어 하는 일상생활을 가지고 있지 않은가!

일부다처제

일부다처제는 유목민들이 사막에서 남편이 죽거나
짝이 없는 여인들을 먹여 살리기 위하여 태어난 인류애의 산
물이다.

그렇다고 해서 지금 그 인류애를 실천하겠다고
나선다면 당신은 아마 맞아 죽을 것이다.

-과거의 선은 현대의 악이 될 수도….

말과 현실

거친 파도는 유능한 뱃사람을 만들고 거친
능선은 유능한 산악인을 만든다는 말이 있다.

현실에서 보면, 거친 파도에서는 죽은 뱃사람이 많고
거친 능선에서는 실족하여 죽은 산악인이 많다.

-말과 현실은 이렇게 다르다.

타협

사람은 적당히 타협하며 살 줄 알아야
세상을 지혜롭게 살 수 있다.

너무 강직하면 주위 사람들에게 짐이 된다.

-강직함은 남을 배려하지 않는 무례일 수도 있다.

기준

인간이 말하는 선과 악의 기준은 사람마다
다르므로 사람 사이에서는 분쟁이 그칠 날이 없다.

도둑놈도 자신의 선악 기준이 있는데 보통 사람으로서는
용납하기 어려운 기준이다.

운전대

내 인생의 운전대는 내가 잡고 운전해야 한다.

그러나 운전대를 내가 아닌
남에게 맡기는 사람이 너무나 많다.

−자신을 바로 세운다는 것이 쉽지 않다.

말세

세상의 종말은 인간이 만들어내는 것이지
신이 예비한 것이 아니다.

인간이 점점 악해지므로 자연히 말세가 되어가는 것이다.

–신의 탓으로 돌리지 마라.

피해망상증

현대인의 대표적 정신구조는 피해망상증이다.

자신이 다른 사람으로부터 피해를 봤다고 생각하고
남을 원망하는 것인데 사실 알고 보면 피해자가 아니라
가해자일 경우가 많다!

–이런 정신구조는 고쳐질 수 없다고 생각된다.

이순신 장군

이순신 장군의 전사는 자살이라고 보는 견해가 많다.

만약 그가 살아서 개선했다면
무슨 일을 당했을지 모르기 때문이다.

−토사구팽에 한 표!
−영웅다운 최후!

나침반

모든 사람의 마음속에는 자신만의 나침반이 있다.

그것을 잘 보려면 마음이 깨끗해야 한다.

−마음의 나침반은 속이는 법이 없다.

시간

시간은 참 잔인하다.

단 일 초도 봐주지 않고 흘러간다!

−가능하다면 옛날로 돌아가고 싶다.

독일 한번 보려던게
벌써 반년..
어휴..

용서

용서의 '용' 자는 얼굴 '용' 자이다.

얼굴을 마주 보고 빌어야 진정한 용서다.

소방수

유능한 소방수는 불길이 성할 때는 반드시 뒤로
비켜서서 기다리다가 불길이 잦아들 때 번개처럼
뛰어들어 불길을 진압한다.

소방수에게 불길을 보고 참으라는 것은 쉬운 일이 아니다.

−확 뛰어드는 게 더 쉽지.

브라질

브라질의 국명은 '빠오 브라질'이라는 염료나무의 이름에서
시작되었으며 대한민국은 대한제국에서 대한제국은 하늘천
제이신 환인의 나라 '환국'에서 비롯된 것이다.

−우리의 근본과 정체성을 잘 아는 것이 중요하다.

회의

회의는 인간과 동물을 구분 짓는 가장 가치 있는 제도다.

회의의 민주적 질서가 무너지면 인간사회도 동물 사회가 된다.

-한국은 너무 거칠어….

정의와 사랑

정의와 사랑은 같은 말이라고 주장하는 목사가 있다.

일견 맞는 말이라고 보는데 당신의 생각은?

-사랑의 실천을 정의라고 해석한다면….

학교

'돈 버는 방법'과 '이성을 유혹하는 방법' 등 실생활에서 절실하게 필요한 기술들은 학교에서 가르쳐주지 않는다.

그런 기술은 본인의 각고의 노력으로 습득해야 한다.

−여하튼 학교는 필요하다!

숭례문

서울에 들어오는 사람은 모두 숭례문을 거쳐서 들어온다.

예절, 즉 인간의 도리를 모르는 사람은 서울로 들어오지 말라는 의미다!

−예절을 모르는 자는 인간이 아니니까!

건강이란?

건강이란 몸이 건하고(튼튼할 건) 마음이 강(편할 강)한
것을 말한다.

그런데 '몸의 튼튼'만 너무 강조되어 있다.

–마음의 편안함도 몸만큼 중요하다.

벤허

로마 군선의 노예가 되어 평생 로마 군선의 배 밑바닥에서 노
를 저어야 하는 벤허는 한 쪽 방향에서만 노를 젓지 않도록
해달라고 부탁을 했다.

한쪽 방향으로만 노를 저으면 한쪽 근육만
발달해서 쓸모없는 육체가 되기 때문이다.

–우리는 최악의 환경에서도 최선을 다하는 자세가 필요하다.

무조건 감사의 이유

살아 있음에 무조건 감사하라.

이것이 모든 죽어가는 사람의 간절한 소원이다.

–뭔 불평불만들이 그리 많으신가?

교통사고

교통사고의 80%는 운전자의 부주의로 일어난다.

나머지 20%는 운전자의 무성의로 일어난다.

–그러므로 운전면허 시험에 반드시 인성 검사가 필요하다!

삼국지 vs 성서

삼국지에 나오는 출연자의 수는 삼천 명 정도이다. 각각의 사람의
행위를 보고 세상을 살아가는 지혜를 배울 수 있다.

성서에 나오는 출연자의 수는 삼만 명이므로
삼국지의 열 배의 지혜를 얻을 수 있다.

-뭐 꼭 그렇다고 성서를 읽으라는 건 아니고….
-그냥 그렇다는 거….

생선의 법칙

우리가 맛있는 생선을 먹을 수 있는 이유는 목숨을 걸고
바다에 나가서 그물을 던졌던 어부가 있었기 때문이다.

당신의 성공 뒤에는 수많은 사람의
수고가 있었다는 것을 알아야 한다.

-모든 일이 저절로 된 것은 없다.

공자와 맹자

맹자는 공자의 제자지만 공자의 사상보다 못하지 않다.

그래서 동양사상을 통틀어 공맹사상이라 한다.

–대단한 제자야.
–근데 맹자의 사상이 위대하다는 것은 어떻게 알았을까?

이퇴계

성리학을 완성한 이퇴계는 모든 동양철학을
완결한 세계적인 철학자다.

아직 덜 부각이 되고 있지만….

–앞으로는 되겠지!

자기애

자신을 사랑하지 않는 사람은 남을 사랑할 수 없다.

열등감이나 자기 학대에 빠진 사람은
다른 사람을 학대할 가능성이 높다.

-이기심과는 구별해 주기 바란다.

인자무적

맹자 사상의 핵심은 인자무적이다.

즉, 어진 사람에게는 적이 없다는 뜻이다.

–동양사상의 핵심이다.

태평양의 기적

태평양 한가운데 빠져도 거북이 등을
타고 살아나온 사람도 있다.

세상일은 알 수 없으므로 섣부른 포기는 하지 말자.

–절망에 빠진 사람들이여! 힘을 내라!

극기훈련

극기훈련은 일본 군국주의의 산물이다.

인격 모독행위의 잔재라고 생각하는데 당신의 생각은?

–우리 주변에서 인간 말살적인 일본식 사고방식을 털어내자!

코끼리의 힘

말뚝에 묶여 있는 코끼리는 줄의 범위를 벗어나지 못한다.

힘으로 잡아 뽑으면 되는데 말이다.

–사실은…. 코끼리도 계산이 있어서 말뚝을 안 뽑는 것이다!
–말뚝을 뽑으면 굶어야 한다는 사실….

맥아더의 명언

"노병은 죽지 않는다. 다만 사라질 뿐이다."
이게 도대체 뭔 얘긴지...

처음 들었을 때도 뜻을 몰랐는데
아직도 모르겠다.

–늙으면 투명인간이 된다는 얘기 같기도 하고….

천재

소설을 쓰는 것보다 소설을
책으로 출판하는 것이 더 어렵다.

천재 작곡가란 천재적인 곡을 쓰는
능력을 갖춘 사람이 아니라 천재적
발표 능력을 가진 사람을 말한다.

−직접 경험해보지 않으면 모른다!

살다 보면…

살다 보면 한 번쯤은 경찰서에 들어가
조사를 받게 될 때도 있다.

너무 비참하게 생각할 필요는 없다.

−사람들한테 물어보면 그런 경험 다 있더라.

여필종부

1. 여자는 꼭 종부세 내는 남자와 사귀어야 한다.
2. 여자는 꼭 종부세 내는 남자와 살아야 한다.

−좋겠다. 여자들은….

아이디어의 사업화

좋은 아이디어를 사업화한다고 해서 사업이
저절로 성공할 것으로 생각했다면 큰 오산이다.

아이디어와 사업은 완전 별개의 일이다.

–구태여 아이니어의 가치를
따져본다면 5% 정도라고 생각한다.
–그래도 그게 어디냐!

인생

인생에는 정답이 없다.

오직 해답이 있을 뿐이다.

−정답은 하나의 답이고 해답은 정답으로 인도하는 여러 갈래 길

예기치 않은 부산물

풍치와 성인병은 인간 수명 연장의 부산물이다.

예전에 그런 현상이 없었던 이유는
그런 현상이 나타나기 전에 죽었기 때문이다.

우주 방주

요즘 시대에 노아가 있어서 구원의 방주를 만든다면 그는
분명 나사 출신의 우주과학자일 것이라고 나는 굳게 믿는다.

혜성의 충돌을 피하기 위한 우주 방주를
지금 누가, 어디서 짓고 있을까?

–궁금해….

사금 광부

인생은 모래 속에서 사금을 캐는 광부와 같다.

매일의 똑같은 일상생활에서
한 알씩의 사금을 캐어 모아가는 과정이다.

–다이아몬드면 더 좋고….

남존여비

1. 남자의 존재 이유는 여자의 비용을 대기 위해서다.
2. 남자의 존재 이유는 여자의 비위를 맞추기 위해서다.

-좋겠다. 여자들은….

인간 맹수론

인간의 몸속에는 맹수가 살고 있다.

이 맹수를 잘 다루는 사육사가 인생에서 성공한다.

–밥 한 끼만 안 줘보면 맹수가
살고 있음을 알게 될 것이다.

썰매

썰매의 원어는 한자로 '雪馬'이다.
'눈 위를 달리는 말'이라는 멋진 말인데….

오늘의 한문이 내일에는 또 어떻게 변할까 궁금하다!

–알고 있는가? 우리나라가 현재 한문의 종주국이라는 것을!

귀농

농사는 농민에게도 힘들다.

하물며 귀농자에게랴….

–농사 우습게 보면 후회한다.

전진과 후퇴

작가가 많은 사회는 전진하고
비평가가 많은 사회는 후퇴한다.

일하는 사람이 많은 나라는 발전하고
불평하는 사람이 많은 나라는 망한다.

–우리나라는?

듣는 기술

말하는 사람에게 가장 큰 대접은 들어주는 것이고 음식을 만
드는 사람에게 가장 큰 대접은 맛있게 먹어주는 것이다.

우리는 듣거나 먹는 행위는
쉬운 행위라고 생각한다.

–말하는 기술보다 듣는 기술을 연마하라.
–그것이 더 어렵고 고차원적인 기술이다!

어려운 일

일등 하는 학생에게도 가장 어려운 것이 공부다.

글 쓰는 작가에게 가장 어려운 일은 역시 글쓰기다.

−글이나 하나 써 달라고 쉽게 조르지 마라.

옛날 사람 무시하지 마!

3500년 전에 쓰인 구약성서 욥기에 의하면
'땅을 공중에 달았다.' 라는 내용의 글이 있다.

즉, 지구가 우주 공간에
둥둥 떠 있게 했다는 뜻인데….

−옛날 사람이라고 지금 사람들보다
  덜 똑똑하다고 생각하면 오산이다.

예선

본선보다 예선이 더 어렵다.

이건 직접 경험해봐야 안다.

−전국노래자랑 지역 예선을 참가하고 난 지역 참가자들이 이구동성으로….

두뇌

인간의 두뇌는 근육을 제어하기 위해 만들어진 기관이다.

따라서 머리를 건강하게 유지하려면 많은 근육이 필요하다.

−근육 많다고 머리가 좋은 것은 아니지만.
−운동하면 머리가 좋아지고 음악을 하면 머리 근육이 강화된다.

두 부류의 인간

이 세상에는 두 부류의 인간이 존재한다.

한 부류는 동물의 생각을 지닌 부류와
또 한 부류는 아무런 생각이 없는 부류다.

-인간나운 인간은 없다는 뜻

배려의 기술

길을 걸어가다가 갑자기 제자리에 서지 마라.

그 순간, 뒤에서 오는 사람에게 당신은 걸림돌이 된다.

-혼자 사는 세상이 아니다!
-핸드폰 안 보며 걷는 것도 남에 대한 배려!

동정심

남을 이해해주고 같은 마음을
갖는 마음을 동정심이라고 한다.

사람을 끄는 가장 큰 능력이다.

애벌레의 법칙

애벌레가 나뭇잎이 맛있다고
다 갉아먹어 버리면
나무에서 떨어지게 된다.

좋다고 다 먹어버리면 사고가 난다는 뜻!

−무한정 좋은 것은 없다!

생활습관

사람은 그 사람이 먹고 마시고 생활하는
작은 습관들에 의하여 인생의 성패가 결정된다.

작은 것이 쌓이고 쌓이면 결코 작은 것이 아니다.

–자기 주변에 악인을 두고 있다면 당신도 악인이 되어 결국 패망할 것이다!
–이런 얘기를 자꾸 해야 악인이 발을 못 뻗는다!

중용의 법칙

세상일은 좋은 일이 있으면
그 안에 나쁜 일이 있게 마련이다.

좋은 일 있다고 너무 좋아하지 말고
나쁜 일 만났다고 너무 슬퍼할 필요는 없다.

–인생은 새옹지마!

인류의 공통 목적

전 인류의 '공통 목적'은 행복이다.

모든 사상과 주의, 주장은
행복추구를 위해 존재한다.

−요는 '진정한 행복이냐?
일시적 행복이냐?' 이다!

작품 투자의 주의점

그림이나 소설은 그 미술품이나 소설책을
사는 것이 아니라 작가의 가치를 사는 것이다.

혹시 아마추어 중에서 한두 개 잘했다고 해서
작품이 비싸게 팔리는 것은 아니다.

–투자할 때 잘 헤아리도록….

디자이너의 패러독스

디자이너는 예쁜 것에 집착한 나머지, 다른 더 중요한 것들을
고려하지 않고 제품을 만들어내는 경향이 있으므로 인간이
디자인에 맞추어야 하는 경우가 많다.

이런 디자이너의 제품은
인간을 디자인의 노예로 만든다.

–인간은 디자인의 노예가 아니다!

언어 3단

태권도 3단보다 더욱 힘 있는 것은 언어 3단이다.

품위 있는 언어를 올바르게 사용하는 것이 무술 3단보다 낫다.

-그렇다고 태권도가 가치 없다는 건 아니고….

적

지금의 적은 진짜 적이 아니다.

지금의 적을 모두 처단하려 하지 마라.

-얽히고설킨 것이 인간사라 적이 나를 도와주는 경우가 많다.

힘들지 않은 인생은 없다!

자신의 인생만 특별히 힘들다고
생각하는 사람을 조심하라.

그런 생각을 하는 사람은 자신만 특별히
힘든 인생을 살기 때문에 악행을 해도
된다고 생각하기 쉽다.

−악행의 기회가 오면 행동할 가능성이
높은 사람이니 곁에 있다가 피해를 보지 말기 바란다.

절반의 성공

'절반의 성공' 이란 완벽한 실패를 말한다.

실패를 받아들이고 싶지 않은 솔직하지
못한 인간들의 말장난에 불과하다!

–실패를 받아들이고 다시
시작하는 지혜가 필요하다!

아부의 기술

아부를 잘해야 출세한다.

아부의 기술 중 가장 고단위는
윗사람의 말을 경청하는 것이다.

—최소한 겉모습만이라도….

혀

혀는 절대로 길들지 않는다.

성자의 혀도 실수할 수 있는 이유다.

—혀는 위험성에 비교하면 너무 쉽게 사용할 수 있다.

신분상승

신분상승을 위해 인맥을 찾는 것보다
자기 혀를 잘 제어하는 것이 더 효과적이다.

혀를 통제하지 못하니까 인맥을 찾는 것이다.

−떼어버릴 수는 없고….

한마디

지하철에서 연필을 파는 가난한 행상이 어떤 승객에게서 '좋은 사업을 하시는 군요.' 라고 한마디를 들은 후 깨달은 바가 있어 자신의 사업을 크게 일궜다는 실화가 있다.

당신의 한마디는 사람을 살리는가, 죽이는가?

아부의 비결

윗사람에게 말로 아부를 하다 보면 들키게 되어 득보다 실이 많을 때가 있다. 아부는 윗사람의 말을 경청한 후에 그에 관하여 질문을 해 주는 것이 가장 효과적이다.

－기억할 필요까지는 없고….
－리액션!

사회적 신분

사회적 신분을 구분하는 방식은
그 사람의 재력이나 학벌이 아니라
그 사람이 쓰는 말투와 교양이다.

돈 많고 골프 친다고 해서 사회적 신분이
올라갔다고 생각한다면 그는 신분이 낮은 자다.

-그 자신은 아마 이런 사실을 영원히 모를 거다!

세상에서 제일 행복한 여자는

이브다.

시어머니가 없었으니까….

–기독교에서 유행하는 유행어 시리즈 중에서

세상에서 제일 편한 여자는

마리아다.

며느리가 없었으니까….

–여자분들 중에 이 말이 무슨 뜻인지 모르면
그냥 넘어가지 말고 주변 사람들에게 꼭 물어볼 것!
–요즘 며느리…. 음.

3장

행복을 유지하자

자기 수양의 가치

사람이 착하다고 본성까지 착한 것은 아니다.

인간의 성질은 본래 더러운 법이지만 자기 수양을
통하여 성질을 착하게 만든 것뿐이다.

오솔길

한 달에 한 번 쯤은 낙엽 떨어진 오솔길을 걷고 싶다.

아무도 없는 오솔길을 사랑하는 사람과 손을 잡고...

–생각난다. 그 오솔길...

정의를 원하거들랑

옳고 그름을 따지는 정의보다 더욱 중요한 것은 사랑이다.

사랑을 먼저 베푼 후 옳고 그름을 따져라!

지혜 판별법

올바른 지혜는 온순하다.

만약 지혜를 말하는 곳에서 폭력이나 분쟁이
일어난다면 그것은 사이비일 확률이 높다.

–사람들에게 지혜를 말하는 자를 조심하라!
–반드시 어떤 목적이 있을 것이다. (숨은 목적)

시어머니의 법칙

시어머니는 꼭 동창회 가는 날만 골라서 찾아온다.

그래서 더 미운 것이다.

'발상의 전환'의 부작용

디자인이란 예쁘게 만드는 것이 아니라 생각의 방법,
즉 발상의 전환을 하자는 것이다.

이렇게 말하면 말도 안 되는 작품을 만들고
새로운 생각이라고 우기는 사람이 많이 생기게 마련이다.

음모론

모든 음모론은 다 근거가 있으나,
그 근거가 음모론을 입증하는 것은 아니다.

음모론이 생기는 이유는 음모론을
만들면 이익을 보는 자들이 있기 때문이다.

－음모론자들이야말로 진짜 음모를 꾸미는 자들이다.

곰은…

사람들은 곰이 물을 거슬러 오르는 연어를 잡아먹고
사는 줄 아는데 사실은 잣나무 열매 같은 것들을 주
식으로 먹고산다.

우리가 아는 지식 대부분은 이렇게 과장된 것이 많다.

－그런 줄도 모른다.
－연어 파티는 특식일 뿐!

수학자

삼천 년전의 수학자들은 지구가 둥글다는 것을
수학적으로 정확히 계산해냈다. 그런데 왜 그동안
감춰졌던 거야!

–인간의 어리석음은 상상을 초월한다는 증거!

천재 수학자

천재 수학자 페렐만의 잠적을 나는 존경한다.

속물들은 그의 잠적을 흔들어 깨우지 말지어다.

–돈 떼어먹고 잠적한 사람 아니다.

중년남자에게 가장 필요한 사람 다섯은?

1. 부인
2. 마누라
3. 애엄마
4. 와이프
5. 처

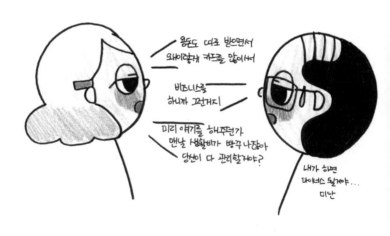

해코지

돈은 들어올 때는 조용히 들어오나
나갈 때는 꼭 해코지 한다.

그래서 벌 때보다 쓸 때 더 조심해야 한다.

투명한 냉장고가 절대로 팔릴 수 없는 이유!

모든 주부의 로망이란….
'王'자 근육남과의 데이트가 아니라
깨끗한 냉장고를 갖는 것이다.

사소해 보이는 일이지만 그것은
주부에게는 현실적으로 가장 어려운 일이다.

－자기 집 냉장고를 깨끗이 유지하는 여자는 무슨 결벽증 같은
병이 있거나 성격이 극단적 성격일 수 있으니 남자들은 조심할 것!
－대개의 냉장고는 엉망인 것이 정상!

천사와 악마

천사의 눈물은 보석이 되고
악마의 눈물은 독약이 된다.

우리 어리석은 인간은 천사의 눈물보다
악마의 눈물에 더 동정한다.

-악마의 눈물을 판별해 내는 힘을 길러야 한다!

공부

공부를 많이 한 사람을 우습게 보지 마라!

지금은 별볼일없어 보여도 결국은
당신은 그들 밑으로 들어가야 한다.

-쿵푸의 달인은 겁을 내면서 왜 공부의 달인은 우습게 보는가?
-한자로는 같은 말이다!

안정이란…

아무렇게나 살고 싶은 유혹을 참아내고
오늘 하루를 평범하게 잘 살아내는 것이란
그리 쉬운 일이 아니다.

이렇게 평범한 날이 오래 쌓이고 쌓여야
안정이 찾아오는 것이다.

–남의 안정된 생활은 장기간 노력의 결심임을 알아야 한다.

최첨단

'최첨단'이란 단어는 '삼 년'이라는
단어와 같은 단어이다.

삼 년 지나면 다 고물이 된다.

참기름

참기름 짜는 기계는 아예 속일 수
있게끔 만들어져서 나온다.

정직한 기계는 안 팔린다는 얘기다.

–이러니 정직하게 사는 사람도 도매금으로 넘어간다.

면접시험

면접은 회사가 사원을 뽑는 자리지만 사실은
사원이 회사를 테스트하는 자리이기도 하다.

유능한 사람은 면접 시 회사가 낙제점을 받았을 때,
그 회사가 아무리 오라고 해도 가지 않는다.

–회사가 항상 우월한 지위는 아니다.

명장이 되는 길

도자기의 명장이 되려면 맘에 안 드는
도자기를 여지없이 깨버려야 한다.

명장이 되려면 때로는
이런 눈에 띄는 퍼포먼스도 필요한 법!

20세기 최고의 발명품

20세기 최고의 발명품은 무엇일까?

나는 www라고 보는 데 당신의 견해는?

−AI가 되려나?

용서받을 수 없는 죄!

이 세상에 원망만큼 큰 죄는 없다.

다 자기 탓인 것을 모르고 남을
원망하는 죄는 용서받을 길이 없다.

인맥 관리

내가 타인으로부터 정기적으로 인맥 관리를
당하고 있다고 느꼈을 때, 정말로 불쾌했다.

도대체 나에게 무엇을 기대하고 있는 것일까?

−그 기대가 채워지지 않으면 원수가 되겠지….

산

산이 많은 우리나라는 그 산을 모두
다리미로 펴면 면적이 네 배 이상 될 거다.

그러니까 우리나라도 좁은 땅덩이는 아니다!

–그러니까 앞으로 '좁은 땅덩이' 라는 말은 쓰지 말자!

컴퓨터를 반대한다면

누군가가 '컴퓨터' 가 인류에게 이로우냐
해로우냐를 논의하자고 하는 사람이
있다면 잘 생각해보고 행동해야 한다.

해롭다 말하려고 논의에 참여하는 순간,
당신은 컴퓨터를 옹호하는 자가 된다!

–누군가를 반대하려면 무관심해야 한다.
–나는 정치에 무관심하다.

선진국과 후진국

불의(不義)는 참아도 불이(不利)는 못 참는 나라는 후진국!
불이(不利)는 참아도 불의(不義)는 못 참는 나라는 선진국!

미스김이 영어특기자라고?
김대리가 미스김을 얕잡아 봤건거야

허허.. 미스김이
일을 잘 하고 있나 보구나
그거 참 다행이네 ...

무소식

무소식은 희소식이 아니다.

나쁜 소식이 익어가는 음모의 기간이다.

-가끔 연락을 취해야 한다.
-특히 부모에겐 자주….

막판 뒤집기

막판 뒤집기는 현실 세계에서는
일어나지 않는 사건이다.

단지 막판 굳히기가 있을 따름이다!

–드라마에나 있을 법한 일.

자기 몫

사랑하는 사람의 대변을 내가 대신 눠줄 수는 없다.

인생은 각자 피할 수 없는 자기 몫이 있는 것이다.

–그런 점에서…. 참 공평하다!

의외로 1

인생의 성패는 의외로 단순한 데
있을지도 모른다.

즉, 비타민을 먹은 사람과 그렇지 않은 사람이다

−여기서 말하는 비타민은 약국에서 파는 정제 비타민이 아니다.
−자연 비타민을 말한다.

의외로 2

아동 심리학자들 중에는 의외로
자식이 없는 사람이 많다고 한다.

왜일까?

−아동 심리를 너무 잘 알기 때문에 자신이 없어서일까?
−아니면...

의외로 3

앞의 글을 대충 써 놓고 뒤의 글을 앞의 글보다 조금 길게 써 놓은 후, 접속사 '의외로' 라는 말을 적당한 곳에 집어넣으면 전체 글이 괜히 멋있는 글이 된다.

의외로 잘 먹히는 수법이다.

−나도 방금 써먹었다.

무드셀라

구약성서에서 969세로 가장 오래 살았던 사람인
무드셀라의 이름 뜻은
'이 사람이 죽은 후 심판이 온다!' 였다.

무드셀라가 죽은 뒤, 노아의 홍수로 인류는 멸망했다.

−앞으로는 '신의 심판' 이 아닌
'인간의 자멸 심판' 이 있을 것 같기도 하고….
−아님 좋고….

눈과 귀

늙어서 눈과 귀가 어두워지는 이유는….
눈과 귀가 예민할 필요가 없기 때문이다.

늙으면 눈과 귀가 없어도 사물을 보고 듣고
판단할 수 있는 능력이 생기게 된다.

-세상은 눈과 귀로만 보고 듣는 게 아님을 명심하자!

사랑이 끝날 때…

등산은 올라갈 때 내려갈 길을 볼 수 있지만 사랑은
시작할 때 끝나는 길을 볼 수 없다는 단점이 있다.

그래서 사랑의 끝은 대개 추락이나
부상(마음의 내상)으로 끝나게 되어 많이 다치게 된다.

-뭐…. 그것도 몇 번 하다 보면 요령이 생기더라고.

앉은뱅이와 장님

앉은뱅이와 장님이 합작으로 구걸하여 많은 돈을 벌었다. 앉은뱅이는 그 번 돈으로 자기 혼자 맛있는 것을 많이 사 먹고 장님에게는 주지 않았다.

주지 않은 결과… 어떻게 되었을까?

–체중이 늘어 무거워진 앉은뱅이를 빼빼 마른
장님이 업고 다닐 수가 없게 되어 결국 둘 다 망하게 되었다고 한다.

호기심

가보지 않은 길에 대한 호기심이
사라졌다면 당신은 늙은 것이다.

호기심이 사라짐과 함께 늙는 것이 인생이다.

–노인에게는 호기심이 없다!

멀리서 보면…

멀리서 보면 뾰족해 보이는 산도 가까이
다가가서 보면 뭉툭해 보인다.

여자도 멀리서 보면 아름답지만
자기 아내를 데리고 살다 보면 그 여자가 그 여자다.

-그러니 남자들이여 제발…. 예쁜 여자만 찾다가
좋은 여자를 놓치는 우를 범하지 마라.
-현명한 여자가 최고다.

소주

산에서 소주를 마신다.

내가 마시면 '낭만', 남이 마시면 '주책'!

-소방대원들이 산에서 소주 마시고
다치는 사람들 때문에 너무 고생하신다!

남자를 위한 처세의 팁

남자가 사냥만 잘한다고 해서
여자에게 환영받는 것은 아니다.

사냥뿐 아니라 밤일도 잘해야 하는데
두 가지 다 잘하기란 너무 피곤하다.

–사냥도 밤일도 잘하지 못하는 남자는 노예가 되면 편하다.
–이건 매우 간단한 진리인데 이걸 받아들이기가 쉽지 않다.
–안 받아들인 결과는 '고독사' 가 될 수 있다.
–이 세상에서 남자로 살기는 쉽지 않다.

적의 적

적의 적은 동지가 아니다.

단지 멀리 있는 또 하나의 적임을 잊어서는 안 된다!

–적의 적은 동지라고 하면서 웃으며 손을 내미는 자를 조심하라!

벼

벼가 익으면 고개를 숙이는 이유는 낟알이
무겁기 때문이 아니라 받침대가 허약하기 때문이다.

사물을 조금만 더 자세히 관찰하면 금방 알 수 있는 일이다.

-인간 세상의 모든 일도 조금만
자세히 관찰하면 진실이 보인다.

돈

사람들이 돈을 잃는 이유는 돈을
더 벌려고 하는 욕심 때문이다.

돈을 잃으면 의욕을 잃고 의욕을 잃으면
건강을 잃고 건강을 잃으면 목숨을 잃게 된다.

−돈 욕심을 버리면 돈은 저절로 모이게 돈다.
−나는 욕심을 못 버린 것 같다.

권력자

권력자들이 자신의 권력을 이용하여 부정 축재하는 것까지는 참을 수 있는데 자신의 그런 행위를 오히려 올바른 일이라고 강변하는 것은 정말 역겹다.

세상에 다 드러날 억지를 부린다.

－부정축재를 용인한다는 것은 아니다.
－지옥이 필요해….

한국 쥐

한국의 쥐들은 영하 20도, 영상 40도의 세계 최고의 온도 차에서 살아야 하므로 털이 안 뽑히고 매우 강해서 소련군의 겨울 방한복 용도로 수출되기도 했다.

한국인들도 이와 크게 다르지 않다고 생각된다.

－한마디로 지독한 인종들이다!
－질렸다. 여러 가지 면에서….

한 걸음만 더…

산속에서 길을 잃고 죽은 사람의 대부분은 조금만,
한 걸음만 더 나아가면 살 수 있었던 경우가 많았다.

그러나 길을 잃은 그 사람은 수백 번을…
조금만 더 나아가다 쓰러진 것이다.

　

－남의 처지에 대해 타인이 뭐라고 왈가왈부해서는 안 된다.

결혼이란…

비즈니스다.

사랑이란 자본금으로 시작하는 벤처 비즈니스!

　

－벤처니까 망할 수도…!

새는…

날개로 나는 것이 아니라 가슴의 힘
즉, 몸통의 힘으로 나는 것이다.

새의 날개만 보는 자는 몸통을 볼 수 없다.

−날개에 연결된 몸통의 노력을 보아야 한다.

성인이 되는 법

'남에게 대접을 받고자 한다면 너도 남을 대접하라' 라는 성인
의 말씀 속에 담겨 있는 진짜 말뜻은 이렇다.

즉, '네가 남에게 험하게 대하였으니
세상도 너에게 험하게 대하는 것이니 남 탓하지 마라!'

– 성인이란, 이런 듣기 싫은 잔소리를 그럴듯하게 포장하여
명언처럼 들리도록 하는 기술을 가진 사람을 말한다.

지혜란?

지혜란 무슨 일이든지 먼저 해 본 사람이
시행착오 끝에 얻어낸 진리를 말한다.

만약 인간이 모든 일을 직접 경험해서 지혜를
알아내야 한다면 그의 일생은 오천 년이 되어도 모자랄 것이다.

간음한 여인

'죄 없는 자가 저 여인을 돌로 치라!' 고 한 예수의 시대가 만약 오늘날의 시대였다면 아마 간음한 여인은 즉시 돌에 맞아 죽었을 것이다.

옛날 사람들은 그래도 양심이 있다.

-오늘날 그 여인을 살리고 싶었다면 아마 이렇게 써야 했을 것이다. '저 여자와 자기 싫은 자가 돌로 치라!'
-만약 그 순간 어떤 덜떨어진 자는 돌을 들어 그녀를 치려고 했다면 그는 아마 다른 남자들의 돌에 먼저 맞아 죽었을 것이다!

실패

'실패는 성공의 어머니' 라는 말은 맞는 표현이 아니다.

실패는 또 다른 실패를 낳는 '실패의 어머니' 일 가능성이 크다.

꿩

꿩은 나무 위에 앉지 않는다.

자기 몸이 무겁다는 것을 잘 알고 있기 때문이다.

−인간이 과연 꿩을 보고 새대가리라고 욕할 자격이 있는가?

풀과 꽃

풀은 마르고 꽃은 떨어지는 것이 자연의 섭리다.

풀이 마르지 않고 꽃이 떨어지지 않으면
거름은 어디서 대고 씨앗은 어떻게 거둘 것인가!

−늙음도 마찬가지!

뱀

학의 다리를 잘라 뱀에게 준다고 뱀이 고마워할까?

뱀에게 필요한 것은 다리가 아니라 주린 배를 채워줄 한 끼니 개구리다.

−뱀다리⋯. 사족, 필요 없다.

사망자

우리말에 사망자라는 의미는
죽은 사람은 잊어야 한다는 의미도 있다.

죽은 사람을 너무 기리는 문화는 산 사람에게
좋지 않기 때문에 생겨난 지혜로운 단어다.

−죽은 자는 자신이 잊히기를 바란다.

죽을 각오

죽을 각오로 달려드는 사람과는 함께 일하지 말라.

마음의 여유가 없어 무모한 짓을 벌여 일을 그르칠 확률이 높다.

-안 죽는 방법으로 치밀하게
일하는 사람과 함께 할 것!

명분과 핑계

명분과 핑계는 종이 한 장 차이다.

세상에서 말하는 좋은 의미의 명분들은 그 속을 알고 보면
자신들의 이익을 숨기기 위한 핑계에 지나지 않는 경우가 많다.

-좋은 일을 하겠다고 외치는 단체나 사람을 조심하자.

무례한 아파트 주민 다루기

'당신 월급은 내가 주는 거야!' 하면서 아파트 관리소장에게
갑질을 하는 막무가내 주민에게 관리소장은 이렇게 대답했
다.

"삼백 분의 일 월급… 예… 가져 가슈!"

-갑질하는 사람은 이 세상에 살 이유가 없는 사람.

순창에 사시는 어느 할머니의 우문현답

"할머니, 어떻게 하면 백 살까지 살 수 있어요?"

"안 죽고 살면 백 살까지 살 수 있지…"

– ㅋㅋ

순응의 지혜

생이 의도한 방향대로 흘러가지 않았을 때,
가장 올바른 삶의 방법은 '순응'이다.

만약 생이 정말 의도한 방향대로 흘러갔다 할지라도
당신이 행복해졌을 것이라는 보장은 '결코' 없다.

경영이란, 살금살금

묶고 묶고 또 묶은 밧줄도
실제 등산 때는 풀어지는 것이 산악 사고이다.

경영이란 철저한 준비뿐만 아니라 매 순간
상황을 잘 점검하여 한 발짝씩 앞으로…
살금살금 나아가는 것을 말한다.

―살얼음 위를 걷듯.
―인생도 마찬가지.

마음 밭

마음은 밭과 같다.

일주일만 손보지 않으면 금방 잡초밭이 되어
다시 손보기 매우 힘들어지게 되어버린다.

–그래서… 당신의 좋지 않은 습관은
매일매일 손보고 다듬고 수정해야 한다.

신이란…

인간에게 신의 능력이 있다면 그 능력은
마음속에 숨겨져 있을 것이다.

마음을 자유자재로 다스리는 사람은
신의 능력을 소유한 사람이다.

–마음을 잘 조정할 수 있는 사람이 바로 신이다.

아내

남편이 말을 많이 하면 말이 많다고 싫어하고
말을 적게 하면 말을 적게 한다고 투덜대는 존재가 아내다.

자기 남편에게 절대 만족하지 않는 것이 아내의 특징이다.

–다른 남자와 살아봐도 별 볼 일 없을 것이면서….

비료와 공해의 차이

낙엽은 썩으면 비료가 되지만 썩지 않으면 공해가 된다.

사람도 물러나야 할 때 제때 물러나지 않으면 공해가 된다.

–공해가 너무 많아…, 인간 공해!

괴로운 시대

인류가 살아온 지난 30년은 생산성 향상 없이
후손들에게 빚을 내어 원없이 마구 써댔던 확장 일변도의
소비경제시대였다.

이제 앞으로 30년은 그동안 소비했던 그 모든 것들을
다 토해내야 하는 괴로운 시대가 될 것이다.

–애꿎은 후손들이 그 빚 갚느라고 고생 많이 할 거다.

비젊음

사람의 일생은 '단기의 젊음' 과
'장기의 비젊음' 으로 구성되어 있다.

그중 장기 비젊음에 어떻게 대처하느냐에
따라 인생의 성패가 좌우된다.

–나이 먹을수록 지혜가 필요해!

누구의 잘못인가?

러시아의 발레가 세계 최고가 된 것은
차이콥스키의 명곡이 뒷받침되었기 때문이다.

그러나 그의 작품이 초연되었을 때에는
사람들이 모두 혹평을 하여 흥행에 침패했다.

–사후에서나 유명해졌다는데….
–작곡가는 얼마나 억울했을까?
–천재란 괴로운 것!

약육강식

강한 동물이 약한 동물을 잡아먹는 자연계의 약육강식은 아
무리 자연의 질서라 하더라도 너무 잔인하다.

초원에서 들소와 함께 풀을 뜯어 먹는 사자를 상상해 본다.

–약육강식은 뭔가 잘못된 것임이 분명하다.
–누군가 이런 것 좀 연구하지….
–방법을 찾아서 사자에게 알려야 해!

예술가의 정의

예술은 진실한 방법으로 예술가의 창의적 존재감을 나타내는 행위를 말한다. 그래서 예술가 자신을 예술 그 자체라고 정의할 수 있다.

선악과

가난을 겪어보지 못한 사람은 자신이 가진 부유함의 가치를 모르듯이 악의 괴로움을 겪어보지 못한 사람은 공짜로 주어 진 선의 고귀함을 알 수가 없다.

선악과를 따 먹은 뒤 악의 체험과 고통을
거치는 동안 선의 고귀함과 가치를 알아가는 것이 인간이다.

－나라면 그때 안 따먹고 그냥 편하게 살 텐데….
－그놈의 호기심 땜에…

결혼식의 의미

결혼식이란 '남녀의 서로 다름'을 공식적으로 인정하면서 외 부에 이를 공개하는 의식을 의미한다.

그런 '다름'의 의미를 모르는 남녀는 결국 찢어질 수밖에 없다.

－그래서 계속 찢어지고 있다.
－주례는 신랑 신부에게 다름을 인정하라고 말해줘야 한다.

정치의 먹이는 '분노'

정치란 '분노'를 먹고 사는 단세포동물이다.

그 바이러스에 한 번만 감염되면
착한 사람도 순식간에 악한 사람이 된다.

-정치 과잉의 시대에 오염된 당신에게 드리는 걱정의 말 한마디….

세차하고 나면…

… 개운하다.

마치 내가 목욕을 하고 난 것 같은 느낌이 드는데 왜 그럴까?

-기분전환과 스트레스 해소를 위하여 잦은 세차를 권합니다.

시민의 적

정치인, 재벌, 공무원은 시민의 3대 적인데 시민을 이용하여
권력을 잡고 시민을 이용하여 돈을 벌고 시민 위에 군림한다.

그런데 정치인은 재벌을 공격하고 재벌은
공무원을 탓하고 공무원은 정치인에게 불순종한다.

−자기들끼리 매일 싸우는데도 이들을 없앨 수가 없으니 골치 아프다.

사기에 잘 넘어가는 사람…

젊은이는 사기꾼의 사소한 말에도 쉽게 넘어가지만
늙은이는 지혜로운 자의 진실한 말씀도 의심하면서
믿으려 하지 않는다.

나이가 딱 중간이라면 사기에도
잘 넘어가는 동시에 의심도 많더라.

−반대의 경우는 본 적이 없다.

눈이 하얀 이유

눈이 내리면 온 세상이 순백색으로 하얗게 된다.

이렇게 흰 눈이 내리는 이유는….
하얀 눈처럼
깨끗하게 살라는 조물주의 메시지다.

-안 그렇다고 생각한다면 말고….

외로울 때 우리는 어떻게 해야 하는가?

살다 보면 가끔은 외롭고 누군가가 그리울 때가 있다.

그럴 때면, 빨리 병원에 가서 진찰을 받아보는 것이 좋다!

-우울증은 자신이 외롭다고 느끼는 감정을 그대로 방치할 때 발병한다.
-영양부족일 수도….

죽기 전에 후회하지 않으려면…

올바르게 살아라.

죄 지은 사람은 몸과 마음으로 그 죄값을
다 치르고 나서야 목숨이 사라지는 것이 세상의 이치다!

−죄 많이 지은 사람은 죽을 때 슬프다.
−내 생각

전도서의 가르침

지나치게 의인이 되지 마라.

제 명을 못 채우고 죽는다.

−자기가 의인이라고 생각하는 사람은
남을 악인이라고 생각해서 죽이는 경우가 많다.
−올리버 크롬웰

시

시가 길면 지겹다.

그런데도 대작이라며 긴 시를 써서 독자들에게 들이대는 시인이 많다.

-시는 대개 수준이 너무 높거나 낮다.
-평범한 시가 좋다.

영혼의 입력

인간의 영혼은 태어난 후에 입력되는 것이다.

인간의 영혼이 입력되지 않은 사람은 동물의 혼이 그 인간을 지배한다.

-올바른 인간성이 입력되지 않은 자에게
동물의 특성만 나오는 것을 우리는 많이 보지 않았는가!

노아의 홍수

이 세상의 악인 10%를 죽여 없애면 나머지 인간 중에서 10%가 새로 악인이 되어 더욱 인간을 괴롭힌다.

노아의 홍수로 악한 인간은 전부 멸망하고 선한 인간만 이 세상에 남게 되었는데 세상이 이렇게 악해진 것은 바로 이런 이유 때문이다.

–선인인 노아의 후손도 결국 악인이 되었다는 역사의 기록.

지금은 난세

난세는 '원망'과 '분노'로 가득 찬 시대를 말하며 이런 난세에 바른말을 하다가는 목숨을 부지하기가 어려우니 독자들은 알아서 몸조심하라.

'난세'와 '난세'로 이어져 내려온 것이 인간의 '역사'다.

–원망과 분노가 가득 찬 지금이 바로
진짜 '난세'가 아닌가 하는 생각이 든다.

새

새가 땅으로 떨어지지 않고 공중을 나는 이유는 있는 힘을 다
하여 날갯짓을 한 결과이기 때문이다.

우리의 일상생활도 똑같다.

연기자를 존경하는 이유

연기자에게 필요한 덕목은 훌륭한 연기력이 아니라
'기다림' 이다.

자신의 연기 차례를 끈기 있게 기다리는
참을성이 필요한 직업이 탤런트다.

−그런 이유로 연기자들을 존경한다.

적의 비밀

200등에서 100등으로 올라가려면 약간의 노력이 필요하지만
2등에서 1등으로 올라가려면 그 몇 백 배의 노력이 필요하다.

지금 그 일등이 잠자고 있을 리 없지 않은가!

낚시질

낚시질이란 장시간의 기다림과
한순간의 낚음으로 구성되어 있다.

낚시질이라는 용어보다는 시간 분량상
'기다림질' 이라고 불러야 한다.

−낚시꾼 중 아무도 긴 시간 동안 있었던 일을 말하는 사람은 없다.
−한순간의 일만 거품을 물고 말한다.

사람은 누가 만들었나?

'산이 사람을 만든다' 는 말이 있다. '책이 사람을 만든다' 는
말도 있는데 그렇다면 책과 산 중에서 누가 정말로 사람을 만
들었다는 건가?

−둘 다 아니고 부모님이 만든 거 아닐까?

포기의 미덕

뭔가 좋은 것을 얻어내려면 사소한 것을
포기하는 용기가 필요하다.

게임도 즐기면서 성적도 좋을 수는 없다.

-게임 전문가로 나선다면
게임이 엄청난 스트레스가 될 거다.

처세의 비결

미국에서는 자기 의사를 정확히
밝히는 것이 처세의 비결이다.

한국에서는 가급적 자기 의사를 정확히
밝히지 않는 것이 처세의 비결이다.

–정확히 밝혔다가는 출세에 지장이 있다.

세 번의 기회

인간에게는 살면서 세 번의 기회가 온다.

그러나 노력으로 백 번의 작은 기회를 만들 수가 있다.

–기회가 오지 않는다고 원망하는 인간들아, 잘 들어라!

적반하장이 기가 막혀!

적반하장이란 말은 도둑이 주인에게 대들 때, 그 도둑을 나무라면서 쓰는 말인데 요즘에는 거꾸로 사용된다.

즉, 도둑이 주인을 나무랄 때 쓰고 있다!

−그야말로 적반하장이다!

이순이란?

60세는 남의 말이 잘 들린다는 이순의 나이라는데,
내 주변에는 눈을 씻고 찾아봐도 그런 사람이 없다.

누구나 60세가 되면 저절로 이순이 되는 것은 아니다.

−평생 자기 수련을 계속한 사람에게만 이순이 찾아온다!

그대여…

거대한 사막 아래에는 거대한 지하수가 흐르고 있다.

거대한 절망 아래에는 거대한 희망이 있으니
삶을 포기할 생각일랑 버리고 당신 발밑의 샘을 파래!

다행이다!

내가 꾸었던 꿈들은 거의 다 이루어지지 않았다.

그 꿈들이 다 이루어졌다면 나는 아마 과로로
지금쯤 이 세상 사람이 아니었을 거다.

–꿈을 어쩔 수 없이 포기하면 큰 축복이 기다리고 있다!

노화와 진화

나이 먹는 방법에는 노화와 진화가 있다.

노화는 인간의 몸이 질병으로 인하여 '서서히' 죽어가는
것이고 진화는 고령에 알맞게 '차분히' 적응되어가는 것이다.

－인간의 몸은 나이에 알맞게 진화되도록 만들어져 있지
결코 노화되도록 만들어지지 않았다.

구두쇠의 재산

재산이 많은 사람은 대개 구두쇠 출신이 많다.

결국, 그 많은 재산을 본인은 써보지도 못하고 죽는다.

－재산 땜에 그 아들의 인생만 망치게 된다.

아랍인의 속담

내가 듣고 있으면 내가 이익이고 남이 듣고
있으면 남이 이익이라는 속담이 있다.

아랍의 속담이다. 아랍 사람들 결코, 쉽게 볼 사람들이 아니다.

−대단히 현명한 사람들인데….

지혜가 나오는 곳

지식은 인터넷에서 나오지만, 지혜는 사람에게서 나온다.

지혜를 얻고 싶은 자는 인터넷을 버리고 사람을 찾아야 한다.

−지혜를 얻고 싶은 자도 없는 세상이지만….

나는 재활용품이다!

나의 몸을 구성하고 있는 성분들은 예전에는 태조 이성계가 사용했던 것이었을지도 모르고 그 이전에는 신라 화랑들의 팔다리 성분이었을지도 모르고 또 그 이전에는 구석기 원시인의 두개골이었을 지도 모른다.

나는 전적으로 재활용품이다!

–나도 앞으로 누군가의 재활용품이 될 것이다.

나는 목련이 좋다!

봄에 잎도 피기 전에 꽃부터 피워내는 꽃이 목련꽃이다.

성질 급한 한국 사람과 딱 어울리는 꽃이다.

–그러다가 꽃샘추위가 불어 닥치면 한 방에 몽땅 얼어 죽기도 하지….

기본의 비밀

무슨 일을 잘할 자신이 없으면 기본만 하라.

꾸준히 기본만 해도 상위권에 진입할 수 있다.

–들쑥날쑥한 사람, 잘 되는 것 못 봤다.
–나….

처신

늦봄에 내린 눈은 녹아서 달콤한 샘물이 되고 늦가을 내린 눈은 얼어서 낙엽 밑의 숨은 빙판길이 된다.

사람은 일시와 장소에 따라서 좋은 사람도 되고
위험한 사람도 되는 것이다.

–사람은 나아갈 때와 물러갈 때를 잘 헤아려서 처신을 잘해야 한다는 뜻

처세술

흔히 '처세술' 하면 자신의 출세를 위하여 수단과 방법을 가리지 않고 이득이 되는 행동을 하는 기술을 말한다.

그러나 처세술의 원래 목적은 어지러운 세상을 올바르게 살아가려는 지혜를 말하는 것이었는데 세상이 악하다 보니 처세술이란 단어도 이미지가 지극히 나빠졌다.

–오해받아서 억울하겠지?
– '세뇌' 라는 말도 좋은 뜻인데 많이 오해받는 말.

재앙의 법칙

재앙은 끔찍할수록 재미있다.

우리 집만 불나지 않으면 불구경처럼 재미있는 구경은 없다.

-지진, 쓰나미, 테러 등.
-그리고 보면 인간은 참으로 악한 존재!

풀꽃

들판에 피어난 이름 없는 풀꽃 하나도 아무렇게나
피고 지지 않는다.

이름 없는 풀꽃들도 자신의 모든 노력과 정성을 다하여 꽃을 피우고 있다.

-당신은 그 풀꽃들처럼 열심히 살고 있는가?

영원한 명품

한국 사람들 명품 너무 좋아한다.

영원한 명품은 '현금'이다.

달걀로 바위 치기

쓸데없는 일이란 의미로 '달걀로 바위 치기'란 말을 하지만 달걀을 바위에 광속으로 던진다면 달걀은 바위를 산산조각낼 수 있다.

문제는 집중력이다.

세상 사용 설명서

세상에 나와서 이 세상을 사용하시려는 분들께 말씀드릴 것이 있는데요. 사용하시는 기간 동안 깨끗하게 사용하여주시고 되도록 쓰레기가 남지 않도록 해주시기 바랍니다.

그리고 자신이 쓰시던 몸은 무덤을 만들거나 재를 만들어서 세상에 흔적을 남기시는 것보다는 수목장을 이용하신다면 나무에게도 좋고 또 흔적도 남지 않고 깨끗하게 정리되어 다음에 이 세상을 사용하는 분들께 폐를 끼치지 않게 돼 좋은 선택이 아닐까 하여 여러분께 추천해드리오니 참고하여주시기 바랍니다.

지금 시대가 살기 힘든 이유…

지금 이 시대가 최악의 시대라는 말을 많이 하지만
사실 전쟁이 있는 것도 아니고 기근으로 굶어 죽는
시대도 아니다.

그러나 최악이라고 느끼는 인간의 '절망'이 있기에 '절망의 시대'라고
말을 할 수 있고 '절망의 시대'이기에 사는 것이 힘들게 느껴지는 것이다.

–지도자는 사람들에게 희망을 줄 수 있어야 한다.

겨울 나무

겨울에 잎이 없어 앙상한 나뭇가지를 보면 무슨 나무인지 알수가 없으나 봄이 되어 따스한 햇볕과 봄비가 내려 싹이 나고꽃이 피면 얼마나 아름다운 나무인지 금방 알 수가 있다.

사람도 따스한 햇볕과 사랑을 통하여
아름다운 사람으로 키워갈 수가 있다.

–너무나 당연한 이야기지만 잊고 사는 이야기.

창의성의 시작

남들과 뭔가 '다르게' 생각하려면 먼저 '같게' 생각하는 것이
무엇인지를 잘 파악하고 이해하여야 한다.

그래야 '같지 않고 다르게' 생각할 수 있다.

–창의성이란 결국 자신의 현재 모습을 정확히 '아는' 것으로부터 출발한다.

꽃들아! 대답해다오

비가 내리면 진달래꽃은 일제히 꽃망울을 아래로 숙인다.

빗방울이 무거워서 그러는 걸까, 아니면 비를
피하려고 꽃이 의도적으로 고개를 숙이는 걸까?

궁금하니까 대답해 줘….

키 큰 소나무

햇볕 경쟁에서 이겨 일등으로 큰 소나무는 바람이 세게 부는 날, 한순간에 꺾이고 만다.

세상살이 일등이 항상 좋은 것만은 아니다.

–뿌리 뻗기도 중요하다는 사실!

벌의 실종

벌이 집단으로 사라지고 있다.

공포다.

–자연이 인간에게 주는 경고가 아닐까?
–탐욕!

고기를 잡으려면

고기를 잡으려면 강가로 가야 한다. 돈을 벌려면 돈 있는 곳으로 이동해야 한다.

−맨날 그 자리에 있으면 돈이 안 벌린다.

인격이란?

인간의 존엄성을 착각하는 행위를 말한다.

우리는 저절로 인간이 되는 것이 아니라
'인격'을 가지는 순간에 인간이 되는 것이다.

−시대에 안 맞는 이야기인가?

간단한 진리!

걸어야 인간이다.

누우면 시체다.

−운동해라!

낙타는...

낙타는 어떤 일이 있어도 절대로 달리지 않는다.

사막에서 달렸다가 그 긴 사막을 어떻게 넘어갈 수 있겠는가?

-당신의 인생도 지금 달리고 있는가?
-낙타경주 때는 달린다. 단거리니까….

노른자

노른자는 흰자가 있기에 그 의미가 드러난다.

노른자만으로 꽉 채워진 계란은 피곤한 계란이다.

-흰자만 있어도 찝찝하다.

의와 죄

의(義)란 내 위에 양이 있는 상태, 즉 양처럼 약하고 착한 상태를 말한다. 죄(罪)란 육체의 도를 벗어나는 상태로서 육체에 해가 되는 모든 것을 말한다.

−한자는 과학적이다.

4장

근심걱정을 덜어내자

머피의 발견

팔을 다치면 무거운 짐을 옮겨야 할 일이 생기고
다리를 다치면 먼 길을 가야 할 일이 생긴다.

팔과 다리는 가장 많이 사용되는 신체기관이다.

−재수 없이 일이 겹쳤다고 생각하면 겹친다.

수용성 인간과 지용성 인간

모든 것을 받아들이는 수용성 인간이 되어라.

지용성 인간이 되면 남과 섞이지 못하고
물 위의 기름처럼 떠다니게 된다.

–비타민 생각이 나네….

동물

육체의 욕구는 동물처럼 맹렬하고 정신의
이성은 촛불처럼 나약하다.

그래서 인간은 동물이 되기 쉽다.

–다 동물이지 뭐….

봄꽃

봄꽃은 일주일 만에 지지만
가을꽃은 한 번 피면 백일을 간다.

인간도 이와 같아서 일찍 성공하는 사람은 일찍 시들게 마련이다.

–요즘에는 안 그런다고 토 달지 마라.
–인간의 삶이란 예나 지금이나 크게 다를 바 없다.

단절의 시대

TV, 컴퓨터, 스마트폰이 연이어 나오면서 인간과
인간 사이의 대화가 거의 불가능한 시대가 되었다.

이것이 바로 현대 문명의 편리함을 누리는
인간들이 치러야 할 값비싼 대가이다.

–부부간의 대화도 실종된 지 오래다.

돌무더기 속의 원석

만약 버려진 돌무더기 속에 보석의 원석이 섞여 있다면
아무도 그 원석을 발견할 수 없을 것이다.

자신의 가치를 높이고자 하는 사람은 자신을
둘러싼 그 돌무더기 속에서 뛰쳐나와야 한다.

-환경이 중요해!

244

인간의 착각

아름다운 새장 속의 새는 새장의 아름다움을 노래하는 것이
아니라 자신이 날아다녀야 할 푸른 하늘의 아름다움을 노래
하는 것이다.

인간들아, 착각하지 마라!

'할 수 있다'고 다 하지 마라

어떤 일을 '할 수 있다'고 하여 그 일을 진짜로
해버리고 나면 예상치 못한 많은 일이 새로 벌어진다.

그리고 일을 해버리고 나면 '할 수 있다'고 하는
우월한 권리도 사라지게 되어 권위가 없어지고 초라한 신세가 된다.

–할 수 있다고 하여 다 하지 마라. 손해 보는 일이 많다.

손들어주세요!

지하철 안내방송은 항상 잘 안 들리는
이유를 혹시 아시는 분?

지하철 안내지도의 방위가 지도마다
다른 이유를 혹시 아시는 분?

–나도 알고 싶으니 아신다면 좀 알려 줘요! 되게 궁금해….

죽기 전에…

죽기 전에 꼭 마셔봐야 할 와인이라는 별명이 붙은 명품 와인
이 있는데, 내 생각에는 안 마시고 그냥 죽는 게 낫다.

술이란 건 결국, 원료가 알코올이고
알코올은 두뇌를 파괴하는 화학물질일 뿐이다.

–포도주란 포도가 섞인 알코올일 뿐 더 이상 포도는 아니다.
–혹시 포도의 일종이라고 착각하지 마라!

정의보다 먼저 알아야 할 것들…

국가는 정의감으로 일어서고 부패로 그 수명을 다한다.

그리고 부패 관리는 건국보다 어렵다.

– '정의' 가 무엇인지 알아보기 전에 먼저
  '부패' 가 무엇인지 알아보는 것이 더 실용적인 생각일 듯….
– 대중들에게 정의를 부르짖는 자는 대개 부패한 자일 가능성이 높다.

살아남는 자는?

머리 좋은 자도 아니고 힘센 자도 아니고
돈 많은 자도 아니다!

살아남는 자는. 변화에 적응하는 자다!

-다윈 선생님이 가르쳐 주셨지.

인간은 왜 사는가?

살아지니까 그냥 사는 거다.

무슨 목적을 위하여 사는 것은 절대 아니니
스트레스 받지 말고 편안히 살래!

-인생의 목적을 찾기 위하여 이 산 저 산 방황하는 중생들에게.

집도 안다

아무도 안 사는 집은 쉽게 무너진다.

혹시 전문가가 계신다면 다 낡은 집에서 사람이 살고 불을 때고 들락거
리고 음식을 해 먹는 행위가 집의 수명과 구조에 어떤 영향을 미치는지
한 번 조사해보시죠?

－사람의 육신도 다른 사람과 부대끼며 함께 살아야 오래 산다.

어려움

이 세상에 어려움이 있는 이유는 그것을
극복하라고 있는 것이지 주저앉으라고 있는 것이 아니다.

어려움이 있어야 인생이다!

−편안하게 태어난 사람의 말년은 대개 편안치 않다!

냉장고

냉장고는 주부의 가장 친한 친구다.

그러나 너무 일찍 발명되어 인간이 그에 적응하지 못한 탓에 신선한 음
식을 먹는 경우보다는 냉장고에서 오래 묵은 음식을 주로 먹게 돼었다.

−주요 이혼 사유 중 가장 많은 사례란다.
−알고 보면 주부의 적!
−적처럼 보이는 친구도 있고 친구처럼 보이는 적도 있다.

접신

신과 접한 인간의 모습을 보고 싶다면 바이올린
독주를 하는 연주자의 얼굴을 보라.

예술가의 행위는 접신의 상태에서 진행되는
신의 경지를 인간에게 보여주는 대표적인 사례다.

–연주 직후의 예술가는 혼이 빠져 있는 상태이기 때문에
 한참이 지나야 자기 정신이 되돌아온다.

지혜

지혜는 '꿀 따는 벌'과 같아서
작은 꽃마다 조금씩 분산되어 있다.

큰 지혜를 얻으려면 꿀벌처럼 부지런히
돌아다니며 지혜를 구해야 한다.

–작은 지혜라고 무시한다면 큰 지혜를 모을 수 없다.

빵 한 조각의 은인

잘 나갈 때 더 잘 나가게 해 준 사람보다는 배고파
죽게 되었을 때 빵 한 조각을 도와준 사람이 은인이다.

그 빵 한 조각이 아니었다면 아마 죽었을지도 모른다.

–사람들은 은인이라고 하면 잘 나갈 때
더 도와준 사람을 대개 생각한다.
–참…. 몰라도 너무 모른다!

꿈은 이루어진다.

사람들은 자신의 꿈을 이루기 위해 열심히 노력하지만
그 꿈이 다 이루어지지 않는 것은 천만다행이다.

꿈 중에는 히틀러의 꿈처럼 만약 실제로 이루어진다면
인간에게 큰 해악을 끼칠 꿈도 많기 때문이다.

–꿈을 갖기 전에 먼저 그 꿈을 가질 자격이 있는지 생각해봐야 한다.

도사

무슨 일을 일 만 시간 동안
열심히 연습하면 도사가 된다고 한다.

그렇다면 노인들은 다 도사인가??

–실제로 도사 중에 머리 허연 노인이 많다.
–대개는 열심히 안 한다.
–어영부영 분야에는 모두 도사다.

바보와 현자

바보는 결심만 하고 현자는 실천한다.

바보는 매번 큰 깨달음과 큰 결심을 하고
현자는 작은 깨달음 뒤에 즉시 실천한다.

−실천은 작은 것부터.

무기징역

무기징역은 꼭 감옥 안에서만 사는 것이 아니다.

감옥 밖에서도 지옥처럼 무기징역을 사는 사람이 많다.

−창살 없는 감옥….
−어디에 있든 어떤 처지에 처해 있든 행복한 것이 최고다!

작은 기쁨

계단을 막 내려갔더니 지하철이 딱 도착했다.

만약 지하철이 일 분만 일찍 도착했다면
몇 분간 내 숨은 지옥에 가 있을 것이다.

–지하철이 딱 도착하는 기쁨, 도시 생활에서 느끼는 기쁨이다.
–천천히 살고 천천히 죽자.

비를 좋아해…

'비를 좋아한다' 는 사람은 많다.

그러나 '비 맞기' 를 좋아하는 사람은 그리 많지 않다.

–비를 좋아한다는 말을 비 맞기를 좋아한다는 말로 오해하지 말 것.

사카린의 운명

사카린은 과학적 증거도 없이
오랫동안 발암물질로 냉대를 받아왔다.

그 이유는, 너무나 달콤하기 때문이다.

−너무 예쁜 여자도 비슷한 운명.

인생은…

인생은 짧고 예술은 길다.

인생을 예술로 만드는 것이 예술의 목적이다.

−뭔 얘긴지….
−오래 사는 것이 예술이라는 야그.

구렁이

옛말에 '구렁이 담 넘어가듯' 이라는 말이 있는데, 예전에는
집집에 구렁이가 한두 마리쯤은 살고 있었다는 이야기다.

그러니까 생태계가 살아 있으며
깨끗하고 조용한 시대였다는 이야기가 되는데….

-현대사회는 계곡마다 쓰레기가 가득하고 도시마다
소음과 난개발이 판을 치는 것이 현실.
-과연 우리는 이런 세상을 원했던 것일까?
-처음부터 다시 시작하고 싶다.

개구리밥

개구리밥은 심은 사람이 없어도 모내기 철만 지나면
금방 논 위에 나타나서 드넓은 논을 지배한다.

그 끈질긴 생명력에 우리 모두 박수를 보낸다.

-물론 농약을 많이 쳐서 개구리가
살 수 없는 논에는 개구리밥도 살 수 없지만….

세상의 모든 이념

이 세상에서 인간들이 가장 올바른 것이라고 부르짖는 주의, 주장, 이념들은 모두 한 세기도 지속할 수 없는 것들인데 그런 주의, 주장, 이념들에 목을 매고 인생을 불태우는 사람들은 정말 불쌍한 사람들이다.

아니 불쌍할 가치조차 없는 인생이다.

–인생이 그렇게 가치 있는 것만은 아니지만.
–이념은 그냥 유행 사조일 뿐이다.

숨은 뜻

'오른손이 하는 일을 왼손이 모르게 하라' 는 말은 적선할 때 남이 모르도록 겸손하게 하라는 뜻인데 숨어 있는 뜻도 있다.

즉, 적선할 때 사람들이 많이 알게 하면 혜택을 못 받은 사람들은 질투를 느끼게 되어 적선자에게 오히려 독으로 돌아온다는 뜻이다.

–어쨌든 기부를 크게 자랑해대는 인간들의 기부는 순수하지 못하다.

신념과 이데올로기

자신의 신념이 가장 올바른 것이라고 주장하는 사람들은 내심 자신의 신념이 가장 옳아서 어떤 짓을 해도 괜찮다는 생각을 하고 있다. 그래서 그들은 사람들이 상상도 할 수 없는 극단적인 악행을 저지르고도 아무런 죄의식을 느끼지 못한다.

-어리석은 팔로워들이여! 따라가지 마라!
-추종자가 없으면 이데올로기도 없다!
-추종자가 악행을 부추기는 역할을 한다.
-내가 악행을 안 했다고 해서 발뺌이 되는 것은 아니다.

선진국과 후진국

선진국은 약자에게 편리한 세상이고 후진국은 강자에게 편리한 세상이다.

국민소득과는 크게 관계가 없다.

-장애인에게 대하는 것을 보면 안다.

민주주의의 약점

민주주의는 악한 생각을 품은 소집단이 국민을 달콤한 말로 속여 쉽게 정권을 잡을 수 있는 제도이고 자신들의 이익대로 마음껏 나라를 요리해 먹을 수 있는 치명적 약점을 가진 제도다.

그러나 민주주의의 대안은 딱히 없다.

–독일과 일본은 민주주의로 시작하여 전쟁범죄까지 저질렀다.

명품의 정의

명품이란 일반 제품보다 품질이
5% 더 우수한 제품을 말한다.

그 5%의 우수성으로 50배의 보상을 받는 것이다.

–타제품보다 5%를 더 잘 만들기란 쉽지 않은 일이다.
–이등에서 일등으로 올라가기는 하늘의 별 따기!

올챙이 다리

올챙이의 다리가 나오는 순간은
올챙이에게는 너무나 어색한 순간이다.

그러나 이런 어색한 순간을 지나면 제대로 된 개구리가 되는 것이다.

–새로 나온 다리가 어색하다고
잘라버린다면 평생 올챙이밖에 안 될 것이다.

인간의 적

인권은 인간에게 부여된 가장 고귀한 가치다.

인권을 주장할 때 말을 하지 못하도록 입을 막으려 하는 자나 인권이라
는 이름을 가지고 상대를 공격하는 도구로 사용하는 자는 모두 인간의
적이다.

산딸기

산딸기 있는 곳에 뱀딸기도 있다.

진실한 사람들이 모인 곳에는 반드시 악인도 섞여 있다.

-주의하자.

겸손할 권리

실력 있는 사람만이 겸손할 권리가 있다.

실력 없는 사람이 겸손한 것처럼 보이는 것은 굴종이다.

-많이 봤다! 그런 사람.
-돈 좀 벌면 확 달라지는 사람.

외양간의 법칙

소 잃고 외양간을 고친다면 그 사람은
지혜로운 사람임에 틀림없다.

자기의 과거 잘못을 교훈 삼는 사람이 그리 많지 않다.

–대개는 운이 나쁜 거로 여기고 안 고친다.

늙는다는 것은

늙는다는 것은 젊음으로부터 자유로워진다는 뜻이다.

죽는다는 것은 육체로부터 자유로워진다는 의미다.

–육체란 황소처럼 관리하기가 너무나 버거운 애완동물과 같은 것이다.

인간의 말

인간의 말은 믿을 것이 못 된다.

믿을 가치가 없는 인간의 말을 믿어서
인생을 망친 사람은 동정받을 가치가 없다.

현명함과 교활함의 차이

'현명함'이란 내가 좋아하는 사람이 일을 지혜롭게 처리하는 것을 뜻하는 것이고 '교활함'이란 내가 미워하는 사람이 일을 지혜롭게 처리함을 뜻하는 것이다.

내가 미워하는 사람은 아무리 일을
지혜롭게 처리해도 교활한 인간으로 보인다.

–사람의 마음은 이렇게 간사한 것이다.

인간의 십 분의 일

인간 열 명 중 한 명은 도저히 상종 못 할 악인이다.

이 악인이 정상인 가운데에서 정상인의 탈을 쓰고 정상인을 유혹하고 정상인의 앞장을 서며 정상인을 위하여 옳은 일을 하는 척하지만, 사실은 갖은 악행을 다 하고 있다.

–그 악인은 자신이 악인이라고 생각하기는커녕
가장 의로운 사람이라고 믿고 있다.

부모의 역할

이 세상에는 부모가 대신해주고 싶어도
대신해 줄 수 없는 것이 많다.

잠을 대신해 자 줄 수도 없고
통변을 대신해 줄 수도 없으니 부모가
못 해 주었다고 원망하지 마라.

–낳아주고 먹여 주었으면 자신이 알아서 해야 하는 거 아냐?

제조업의 끝은?

산업혁명 이래 사람들은 '제조업'을 가장
신성한 직업으로 생각해왔다.

이제는 제조업보다는 '해체업'이 신성한 직업으로 떠오를 것이다.

-그 많은 제조된 물건들, 지금은 어디에 있나?
-대개는 바닷물에 해로운 성분으로 녹아 물고기 몸으로
들어가고 사람에게 들어간다.
-인간은 신의 심판이 아닌 인간의 욕심으로 멸망할 것이다.

진달래와 철쭉

똑같은 계절에 피고 똑같은 색깔인데도 진달래는 아무리 많
이 먹어도 죽지 않지만, 철쭉은 잘못 먹으면 죽는다.

진리의 이치는 이와 같다.

-거짓의 생김새는 진리의 모양과 거의 같아 보여서 직접 먹어봐야 정확
한 실체를 알 수 있는데 먹어보고 나서 그 실체를 아는 순간, 죽을 수밖에
없다.

일찍 죽지 말아야 하는 이유 한 가지 더

200억 원의 재산을 상속받은 줄 모르고
길거리에서 노숙하다 얼어 죽은 사람도 있다.

나도 어쨌든 오래 살고 봐야겠다.

–혹시나…?

얼음이 녹는 이유

깊은 겨울, 절대 녹을 것 같지 않은 단단한 얼음장도
봄바람이 불면 아무도 모르게 사르르 녹아버린다.

그 이유는 얼음은 영상의 온도에서는 녹기 때문이다.

–너무 비낭만적인 해석인가?

첫 발자국

눈 길 위에 첫 발자국을 찍으며 앞으로
나아가는 사람은 걸음마다 조심하게 된다.

우리 인생도 눈길 위에 첫 발자국을 찍으며 나아가는 것과 같다.

–걸음마다 조심해야 한다. 다음 사람은 그 발자국을 보고 따라온다.

시간은 비논리적이다

가만히 있어도 시간이 흘러간다는 사실은 너무나 비논리적이다. 뭘 했기 때문에 그 결과로 시간이 흘러갔다면 나도 수긍을 하겠다.

–그래서 뭘 어찌할 건데??

속도를 내려면

말을 바꿔 타지 마라.

자동차를 타라.

린드버그

린드버그가 대서양을 최초로 횡단해 상금을 타기 전까지 이전의 많은 비행사가 도전했다가 실패하여 대서양에서 생을 마쳤다고 한다.

인류의 혁신적인 행위에는 많은 희생이 따르는 법이다.

–한 가지 놀라운 점은 린드버그는 아마추어였고
죽은 비행사들은 프로였다.
–아마추어의 패기가 필요하다.

사나운 개

사납게 짖어대는 개는 자신이 겁을
먹었기 때문에 위험을 느껴 짖어대는 것이다.

누군가가 악하게 짖어댄다면 그는 분명 잔뜩 겁을 먹은 것이다.

–그런 상대를 잘 다루어야 한다.

신념으로 아는 법

사람이 무엇을 알게 되는 방법으로는 공부나
정보의 습득 또는 직접 체험 등이 있다.

그러나 신념으로 알게 된 지식의 힘은 매우 강력해서
그 신념이 올바르지 않을 경우, 엄청난 재앙을 초래할 수도 있다.

-자신의 신념을 신념하지 마라.

오늘 하루를 사는 법

당신이 죽기 전에 마지막으로 신이 당신에게
하루를 선물로 주었다고 생각하고 오늘을 살아라.

그것이 오늘을 사는 진실한 방법이다.

-그렇게 하루하루가 모여 일생이 된다.

독재자의 특징

독재자일수록 평화를 내세우고
악한일수록 선한 일에 앞장선다.

세상일을 음모론적 시각으로만 보는 것도 문제지만
세상에 나타난 것만 가지고 모든 것을 판단하는 것도 문제다.

집중력 스트레스

일을 성취하기 위해서는 장기간 정신을 집중해야 하는데
이 기간에 뇌는 극심한 스트레스로 과열 상태가 된다.

탁월한 노력으로 성공을 거둔 사람들은 이런 상태에서
헤어나오기 위하여 도박이나 마약 등 좋지 않은 일에 빠지게 된다.

–치료법은 자연으로 돌아가는 것이다.

동창회 패러독스

오랜만에 동창회에 나갔더니 나만 안 늙고 다 늙었더라.

늙은 자들만 있는 모임에 나가기 싫어진다.

–나는 안 늙었다.

첫 비행기

다빈치가 처음 구상했던 비행기의 형태는 새의 모양을 흉내
낸 날개를 펄럭이도록 고안되었는데 다빈치 이후 나온 새를
흉내 낸 모든 비행기는 하나도 성공하지 못했다.

다빈치는 쓸데없는 짓을 한 걸까?

−천재적 발상은 많은 실패 가능성을 내포하고 있다.
−실패를 보고 배울 수 있다는 것이 큰 소득이다.

개똥

개똥도 약에 쓰려면 없다는 속담은 진짜 개똥을
말하려는 것이 아니라 개똥쑥을 말하는 것이라고 한다.

개똥쑥은 많은 좋은 약효를 가지고 있다.

−우리나라에서는 개똥처럼 흔하다고 해서 개똥쑥!
−개똥이 엄청 많았나 봐!

겨울은 길다

고통의 시간은 길게 느껴진다.

행복의 시간이 짧게 느껴지는 것과 같다.

-고통의 순간을 잘 견디어내는 것이 인생의 지혜다.
-겨울은 밤이 길어서 더 길게 느껴진다.

난공불락의 요새

난공불락의 요새는 반드시 무너진다.

적의 주요 목표물이 되었기 때문이다.

-강한 자는 더 강한 자에게 무너지는 것이 세상의 이치다.
-물 흐르듯 사는 게 제일 좋은 것.

살인의 도구

이 세상에서 사람을 가장 많이 죽인
도구는 총이나 칼이 아니라 의자다.

편안한 의자는 사람을 게으르게 하여 일찍
늙게 하고 결국 죽음에 이르게 한다.

–몸을 무한정 움직이는 것이 장수의 비결!
–그래도 장시간 일하려면 편한 의자에 앉아야 한다.

자연의 역습

개구리가 사라지고 꿀벌은 멸종되고 있는데 인간만 늘고 있다.

균형을 찾으려는 자연의 역습이 시작될 것이다.

–빙하기가 다시 시작되든지 사막이 되든지 사람이 살 수 없게 될 거 같다.
–내 탓이오.

자영업이란

자영업에 실패하는 사람은 뒷심 부족일 경우가 많다.

결국, 자금력이라는 얘긴데….

-한 군데서 오래 버티려면 자금력이 필수!
-될 때까지 한다!
-효율도 중요. 빨리 접는 것도 한 방법!

질병의 원인

현대인의 치명적 습관 중의 하나는 편식이다.

본인이 모른다는 게 더 치명적!

-장기간의 편식이 특정 영양소 흡수를 방해해서 질병이 일어난다.
-병이란 결국 자기가 만드는 것!
-병들지 말자!
-오늘부터 채소, 고단백, 과일, 견과류 시작해볼까?

성공한 인생

사람이 팔십 세 나이까지 특별한 질병 없이
살아냈다면 그 인생은 성공한 인생이다.

그런 의미에서 지금 팔십 세 이상 노인을 존경하자!

−정부에서 상 줘야 해!

천재의 탈진

비제는 명곡 카르멘을 쓰고 나서 육 개월 만에 죽었다.

명곡을 쓰면서 에너지가 탈진하여 건강을 잃었다.

–목숨 걸고 썼는데 자신의 명곡을 사람들이 알아주지 않자 죽은 것이다.
–이제라도 박수!
–뭐, 지병이 있었겠지….

피할 수 없다면

피할 수 없다면 즐기라는 말은 스트레스를 지혜롭게
대처하자는 말인데 나는 그 생각에 동의하지 않는다.

그런 상황이 오기 전에 미리 방비해야 한다.

–때로는 포기도 좋은 방법

사랑의 맨 모습

누군가를 사랑하는데 상대방이 그 사랑을 받아주지 않으면
대개 그 사람을 해코지하려고 하는 게 인간의 심리다.

인간의 사랑이란 하나의 더러운 욕망에 지나지 않는다.

−지금까지 아름다운 것인 줄 알았네.
−제일 거품이 많이 낀 것이 사랑이라는 말이다.

일부일처제

일부일처제는 찌질한 남성을
보호하기 위한 사회적 장치다.

찌질이를 보호해야 하는 이유는 유전적 다양성을 확보하여
유사시에 위기를 탈출하려는 인류의 유전적 지혜에서 비롯된 것이다.

−찌질이도 다시 보자.
−나도 그 덕에⋯. ㅎ

속임수와 진실

세상은 99%의 속임수와 1%의 진실이 존재한다.

경험이란 이 세상의 속임수를 잘 대처해 나가기 위한 연습이다.

–속임수를 배척하려다가 대개는 진실까지 배척한다.
–뭐, 어쩔 수 없는 일이죠.

고백

내가 내 말이나 행동에 무리하지 않고 신중하게 대처하는 이
유는, 오랜 기간의 훈련을 통한 인격 연마의 결과가 아니라
늙어서 체력이 달려서 뭔가 하고 싶어도 할 수가 없는 몸이
되었기 때문이다.

축복이다.

–젊지 않은 게 제일 큰 축복!
–그래도 다시 젊어지고 싶다.

인간 최고의 덕목

인간 최고의 덕목은 겸손이다.

주역은 수많은 불운을 이겨낼 수 있는
유일한 비방으로 겸손을 말하고 있다.

-주역은 점치는 법을 가르쳐 주려는 책이 아니라
겸손을 깨우치려고 있는 책이다.
-그러나 점도 친다.
-최선을 다한 자에게 선택의 지혜를 알려주는 것이 주역의 점술!

결단의 종류

앞으로 나아가는 것을 결정하는 것을 결단이라고 한다.

그러나 뒤로 물러나는 것을 결정하는 것은 용단이라고 하는데 용단은 결단보다 열
배는 더 가치 있는 행위다.

-나의 개똥철학 중에서…

미움의 사정거리

사람이 가장 미워하는 사람은 가장 가까운 사람이다.

그래서 부부가 미워하기 시작하면 걷잡을 수 없이 미워하게 된다.

–인간의 속성을 안다면 가장 가까운 사람이 미워질 때
　자신의 마음이 잘못되어감을 알고 수정하여야 한다.
–그렇지 않으면 파국을 초래한다.
–그게 잘 안 된다.

공자의 명언

공자가 지금 시대에 태어났다면
예전처럼 성인군자가 되라고 했을까?

맨날 '차 조심해라!' 라고 했을 것 같다.

−잔소리꾼이 되었을 것이다.
−지금 시대에 가장 필요한 말.

착오와 불확실

인생이란 착오와 불확실성의 연속이다.

그러한 변동성을 이겨내는 유일한 길은 겸손과 성실뿐이다.

피와 욕망의 역사

인류의 역사는 피와 욕망의 역사라고
볼 수도 있지만, 진보와 발전의 역사라고 볼 수도 있다.

어떻게 보느냐는 관점에 따라 다른 것이지만
두 역사가 함께 공존하고 있다는 건 사실이다.

예지력이 있는 사람

밭이 울퉁불퉁하면 곧 싹이 트고 곡식이 자라서 나라가 부강
해지리라는 것을 예측할 수 있는 능력을 예지력이라고 한다.

미련한 자의 눈에는 그냥 더러운 흙으로만 보일 뿐이다.

−그러나 예지력을 가진 사람은 잘난 척으로 오인 받게 될
  가능성이 크고 그 결과, 자기 몸을 상하게 된다.
−예지력과 잘난척은 종이 한 장 차이.
−대개는 잘난척!

공자의 환생

우리 시대에 만약 공자나 노자 같은
위대한 현인이 출현한다면?

아마도 지금쯤 시골 구석에서 친환경농사를 짓거나 아니면 분교 교장선
생님처럼 평범하게 딱히 두드러지지 않는 사람으로서 그냥 묻혀버릴 것
같다.

–그동안 많은 현인이 묻혔겠지?
–아까운 건가, 아닌 건가?

흔히 일어나는 일

십자드라이버 구멍에 일자 드라이버를 넣고
돌려서 구멍을 망친 경험이 있을 것이다.

누구에게나 일어나는 일.

–아니, 그냥 그렇다는 거다.

축구의 개혁안

축구 골대가 지금보다 좌우 상하
1m만 확장한다면 무슨 일이 일어날까?

앞으로 언젠가 그렇게 될 거라는 데에 나는 베팅하겠다.

–축구가 훨씬 더 재밌을 텐데.

누구를 원망하랴

인간은 의학적으로는 120살까지 무병장수하다가
자연사하게 되어 있다는 설이 있다.

요즘엔 그 이상을 살 수 있다는데, 솔직히 두렵다.

–그래도 더 살라고 하면 살겠지?
– '백 세 인생' 이란 노래 조만간 가사 추가해야 돼….

지혜의 출발점

지혜는 의심에서 시작된다.

내가 믿고 있는 지식이나 신념이
아닐 수도 있다는 의심에서 지혜가 시작된다.

–이런 말은 사이비에게 가장 악용되는 말이다.
–그래도 해야 한다.

아깝다!

인쇄술의 발명으로 글씨를 손으로
써 주던 필경사들이 몰살했다.

필경사들의 그 많고 아름답던
글씨체들도 이 세상에서 전부 사라졌다.

–글씨체 원본 좀 남겨두지….

나는 관대한 사람

'나는 관대한 사람' 이라고 말하는 사람은 실상은 자신한테만
아주 관대하고 남에게는 매우 엄격한 사람일 경우가 많다.

사람의 말은 방향을 잘 따져서 들어야 한다.

–나는 (나에게) 관대한 사람이란 뜻.

걱정 마라!

애들은 앓고 나면 키가 크고 노인은 앓고 나면
폭삭 늙는 것이 진실이다.

애들이 아픈 것은 크려고 하는 것이니 너무 걱정 마라.

–노인이 아프면 가족들은 멀지 않아 반드시 일어날 일을 준비해야 한다.

다른 문

'문 하나가 닫히면 다른 문이 열린다' 는 말이 있다.

더 좋은 다른 문이 열릴 거니까 그리로 걸어 들어가면 된다.

–비록 입구가 낯설거나 덜 아름답겠지만.
–나도 그 문으로 들어와서 이제껏 잘 살았다.
–처음엔 정말 어색해서 쩔쩔맨 기억이 난다.

구명정

착한 사람들만 탄 구명정은 사람을
자꾸 태우게 되어 결국 침몰한다.

그래서 세상에는 악인이 필요하다!

–배로 올라오는 사람을 못 올라오게 하여 사람을 죽게 한 악인은
  결국, 착한 사람들의 증언과 고소로 재판을 받게 되고 살인죄로 죽게 된다!
–악인의 덕분으로 침몰 안 한 건데.
–결국 착한 사람이 가장 악한 사람?

악마의 도넛

도넛는 이 세상에서 가장 맛있는 세 가지 재료인 밀가루, 설
탕, 기름을 원료로 갓 구워 내어 인간이 도저히 뿌리치지 못
하게 만들어낸 악마의 음식이다.

세 가지 재료 모두 몸에 해롭지만 도넛의 맛있는 유혹을 뿌리칠 수 있는 인
간은 얼마 없다!

–먹… 고… 싶… 다.

과학적인 방법을 이기는 법

여자는 열 개의 장점보다 한 개의
단점을 보고 남자를 판단한다고 한다.

하나를 보면 열을 안다는 말인데 이게 과연 과학적인 판단법일까?

-과학적인 방법일 수도 아닐 수도 있다.
-돈이 있으면 과학도 해결된다.

나무는 욕심이 없다.

나무는 그렇게 많은 열매와 그늘과 산소를
내주면서도 고작 한 평도 안 되는 땅을 사용한다.

사람은 그 반대다.

천재는 없다

이 세상에 천재는 없다.

다만 실패의 두려움과 무안함을 이겨내고
무언가를 시도하려는 시도자가 있을 뿐이다.

-용기 있는 자가 천재!

알고 보면

인간은 모두 호르몬의 노예다.

많으면 기쁘고 부족하면 슬프다.

-빨리 이것을 조절하는 약이 나와야 한다.

오아시스의 뜻

'거기에 그냥 있는….' 이란 뜻이다.

또 '항상 존재하는.' 이란 뜻도 된다.

－마누라가 오아시스인가?
－맞네!

대꾜님
커피 다놓고
올려놓고 가요

네

고마워 이스김
앞으로도 우리회사에
오아시스 같은 존재가
되어주게

SNS 시대

사람들은 SNS를 '소통'의 도구라고
생각하는데 내 생각에는 '배설'의 도구인 것 같다.

남의 말을 들으려고 SNS를 하는 사람은 별로 없다.

–다 자기 얘기 떠들려고 하는 것 같다.

닭 속에 봉황 있다.

닭이 천 마리 모이면 그중 한 마리는 봉황이 있다고 한다.

내 생각에는 닭머리를 가진 봉황일 것 같다.

–그 말 읽고 닭장에 닭 만 마리 있는 거 유심히 봤는데 봉황은 없었다.
–누가 한 말인지….
–어쨌든 지금쯤 다 치킨집으로 갔을 거다.
–이건 아마 비유법인 것 같다. 범재 중에는 천재가 있다는 그런 뜻?

결혼의 역설 1

결혼을 하고 나면 반드시 더욱 매력적인 이성이 나타난다.

그러니 결혼은 서두를 필요가 없다.

–미혼자용

결혼의 역설 2

결혼을 하고 나면 반드시 더욱 매력적인 이성이 나타난다.

그 이유는 마음의 안정으로 이성의 매력을 충분히 느낄 수 있는 상태가 되기 때문이다.

–기혼자용; 그러므로 자신의 배우자에게 충실해야 해!

기회의 법칙

대박 기회는 두 번 다시 오지 않는다.

준비된 자만이 대박 기회를 잡을 수 있다.

반딧불이

밤하늘을 아름답게 빛내는
반딧불이의 애벌레를 본 적이 있는가?

정말 징그럽다!

−당신 주변에 징그러운 사람이 반딧불이 유충이라면?

약속 시간

노인이 되면 약속 시간을 잘 지키게 된다.

체력이 약하고 예기치 못한 일이 일어날 것을 대비하기 때문이다.

−이런 걸 젊었을 때 알았더라면….

선배와 후배의 정의

선배란 버려야 할 악습을 잔뜩 지닌 채 전문가인
척하며 자기가 만든 논리만 강요하는 인간들이다.

후배란 미리 갖추어야 할 선습은 하나도 안 갖춘 채
제 권리만 주장하며 들어야 할 말은 하나도 안 듣는 인간들이다.

–물과 기름
–적보다 꼭 일 센티미터만 우리 쪽에 가깝다.
–그래도 끊을 수 없는 동지

문제 해결 능력

문제 해결 능력이 뛰어난 사람을
인재라고 하는 모양인데 내 생각은 좀 다르다.

문제를 만들어내는 사람이야말로 진정한 인재라고 생각한다.

–음…. 뭔가 그럴듯해.

자잘한 기회의 법칙

대박 기회는 단 한 번 찾아오지만
자잘한 기회는 여러 번 온다.

현명한 자는 자잘한 기회를 많이
건져 대박에 따르는 성과를 거둘 수 있다.

–이게 더 알차다!
–무엇이 문제인지를 알아내는 사람이 진정한 인재!

합리적인 선택

사람들은 긴 문장을 읽어 볼 마음의 여유가 없어졌다.

왜? 스마트폰과 SNS, 웹툰의 일상화로 사람들의 호흡이 짧아졌다.

읽기 전에 읽느냐 마느냐를 결정한다.

규칙이 있다. 길면 안 읽는다.

그럼, 짧다고 다 읽는가? 그것도 아니다.

글이 짧아도 예전에 긴 글들이 주었던 모든 좋은 것들이 짧은 글에 다 들어 있기를 원한다.

현대인은 욕심쟁이? 아니다. 현대인은 불쌍하다.

긴 글을 읽고 마음의 양식을 쌓아둘 정신적 저장고가 없다.

그래서 생각해냈다.

그래, 그들이 원하는 대로 해 주자.

지금의 독자는 지혜, 정보, 추억, 기쁨, 아름다움, 자존감, 전율, 반전 등 긴 글이 가지고 있었던 모든 것을 다 원한다. 짧은 글 속에서도….

독자는 왕이다. 작가는 신하다.

신하가 왕에게 지혜, 정서, 기쁨 등 모든 것을 바치기로 한 거다.

이런 시도를 왕이 좋아할까? 신하는 궁금하다. 너무 앞서 나가는 것은 아

닐까?

옛 말에, 남보다 딱 반 발자국만 앞서가라고 했는데….

지난 날, 너무 앞서가다가 실패한 경험이 생각난다.

그래도 남들이 하지 않았던 시도를 하는 이 순간이 즐겁다.

공유경제시대. 작가가 이용하던 쏠라카의 키를 이제 당신에게 넘긴다.

당신 차례가 왔으니… 한 번 타보시라.

이전 차와는 느낌이 좀 다를 것이다.

새 시대를 반 발 앞서 사는 것 같은 착각?

착각은 인식이 되고

인식은 믿음이 되고

믿음은 안심이 된다.

그러니까….

걱정 말아요.

걱정 말아요, 엄마

2017년 9월 20일 1판 1쇄 인쇄
2017년 9월 25일 1판 1쇄 펴냄

지은이 | 박문영
그림 · 표지디자인 | 김현빈

발행인 | 김정재 · 김재욱
펴낸곳 | 나래북 · 예림북
등록 | 제313-2007-27호
주소 | 경기도 고양시 일산서구 대산로 215 연세프라자 303호
전화 | (031) 914-6147
팩스 | (031) 914-6148
이메일 | naraeyearim@naver.com

ISBN 978-89-94134-44-4 03810